D1730180

LE FIL DE SOIE

SYLVIE BLONDEL

LE FIL DE SOIE

Nouvelles

EDITIONS DE L'AIRE

Publié avec l'aide du Service culturel
de la Ville de Lausanne et des affaires culturelles
du canton de Vaud

HERMANA

L'ascenseur arrive enfin, je presse le bouton indiquant le sous-sol. Un gouffre. La minuterie s'est éteinte, je la rallume et je parcours le couloir, le cœur serré par l'angoisse.

Voici la porte entr'ouverte portant le numéro cinquante-deux.

Une forme blanche est étendue sur le sol en béton. Je l'éclaire avec la lampe de poche. C'est Lina étendue par terre comme une fleur fanée. Dans la pénombre, je reconnais sa longue chevelure noire, son corps enfantin. Elle respire faiblement.

Je t'ai retrouvée Hermana, ma sœur.

Je revois son sourire d'adieu à l'aéroport. Les vacances étaient finies.

Qu'elle m'ait laissée tomber ? Non, nous sommes liées par la pensée, il me semble. S'il lui était arrivé un accident, je le saurais, si elle était morte…! Son silence m'obsède.

Il y a un an déjà. Elle n'était pas au rendez-vous. J'ai cru qu'elle ne viendrait pas, mais elle est arrivée une heure plus tard, à bout de nerfs : « Excuse-moi, mais je me suis perdue, merci de m'avoir attendue. Ne te retourne pas, regarde discrètement : cet homme, oui, un long maigre aux cheveux châtains avec une chemise grise et une cravate noire : il m'a suivie depuis chez moi, je n'ai pas réussi à me débarrasser de lui. »

Des fantômes la poursuivaient, elle voyait des espions et des flics partout ; elle y faisait parfois allusion puis éclatait de rire : « De toute façon, je m'en fiche, ils ne peuvent rien contre moi ! »

De ces vacances ensemble près d'Alicante, j'ai gardé quelques photos : son visage souriant collé contre la joue d'un chien noir qui sourit aussi. Une photo parfaite, le noir de l'animal sur le fond bleu de la mer et la lumière dorée. Lina devant le magasin de fleurs, Lina maniant les rames du bateau sur l'Albufera.

Cette vision laisse place à une autre, je m'efforce de la chasser de mon esprit. Je suis un peu superstitieuse : évoquer des images, c'est risquer de les voir prendre corps. Mais la pensée que Lina est en danger ne me quitte pas. J'ai rêvé, (mais était-ce un rêve ?) qu'elle gisait à même le sol dans un endroit sombre, recroquevillée dans une chemise de nuit blanche.

Je dois en avoir le cœur net. Je profite de quelques jours de vacances et m'envole pour Barcelone.

Mon ami Fernando m'attend à l'aéroport. Il rit en me voyant sortir du contrôle douanier. « Toujours rien à déclarer ? » et il me serre dans ses bras. « Allons boire un café ! » Je n'ai qu'une chose en tête : retrouver la trace de Lina. Pas le temps de boire quoi que ce soit. Je demande à Fernando de m'emmener chez elle, enfin, à sa dernière adresse connue. C'est près de la gare. Penchée sur le plan de la ville, je donne des ordres avec impatience : « Tourne à droite, non à gauche, voilà, c'est ici. Attends-moi dans la voiture, j'en ai pour quelques minutes. Excuse-moi, je suis détestable, j'irai mieux quand je l'aurai retrouvée. ».

Dans le hall d'un immeuble aux murs gris où l'ampoule électrique a flanché, la lumière de la rue éclaire faiblement le sol maculé de traces de poussière, des pas qui s'effacent les uns les autres. Des boîtes aux lettres : le nom de Lina n'y est pas ; rien d'étonnant, mais elle m'avait dit qu'elle habitait au deuxième étage.

Je monte, j'ouvre une porte avec précaution et débouche directement dans une cuisine. Une odeur de rat mort envahit le couloir. Je me souviens de cette odeur pour l'avoir une fois sentie dans une autre vieille maison. J'ai envie de partir, mais je me force à continuer ma visite. La vaisselle sale traîne dans l'évier, la poubelle n'a pas été vidée depuis longtemps. Impossible, ce ne peut pas être chez elle, Lina aime l'ordre et la propreté.

Je sors de cette pièce immonde et frappe à la porte du concierge qui habite en face. « La jeune fille qui loge dans cet appartement, l'avez-vous croisée récemment ? » Il ne l'a pas vue depuis un jour ou deux, d'ailleurs il ne s'occupe pas de la vie des gens. Je bloque la porte avec le pied, pressentant qu'il allait me la fermer au nez. Cela ne va pas être facile de le convaincre de m'aider à retrouver mon amie.

Je m'efforce de sourire à cet homme au visage jaunâtre et adipeux, à peine visible sous une touffe de cheveux noirs. Il me jette un regard soupçonneux et remonte son pantalon marron qui tire-bouchonne sur ses jambes arquées. Il se dandine en agitant désespérément ses bras trop longs. On dirait un crabe. Il ne veut rien me dire. J'insiste pour qu'il me donne la clé de la cave, il faut que je voie les lieux, par acquis de conscience. Je sors de ma poche un billet de dix Euros, pour le dérangement, son visage mollit, ce doit être une forme d'acquiescement car j'obtiens une clé portant sur l'étiquette le numéro cinquante-deux. Il me tend aussi un lampe de poche : « Au cas où il y aurait une panne de courant. » dit-il en ricanant.

Lina avait horreur des caves. Je me souviens de cette fois où elle m'avait accompagnée pour chercher du vin ; elle s'était forcée à me suivre pour exorciser la peur. A l'époque, je ne savais pas encore ce qui la hantait. Puis nous avions bu toute la bouteille de Rioja pour arroser la pælla. Avec Lina, je me sentais légère. Elle communiquait une énergie, un grain de folie, un amour de la vie dont la source était pourtant un puits de douleur.

En Espagne, elle espérait obtenir le statut de réfugiée politique, comme des dizaines d'autres Argentins fuyant la dictature qui sévissait dans leur pays.

Là voilà. Elle respire faiblement.

Chercher de l'eau et téléphoner à l'ambulance ne me prend que quelques minutes. De retour dans cette sorte de cachot, j'essaye de faire boire mon amie, elle est sans connaissance, mais vivante. L'eau coule hors de ses lèvres. Je la prends dans mes bras et la berce comme un bébé, comme ce jour où elle m'avait raconté son histoire : elle voulait mourir, mais elle n'avait pas le courage de quitter la vie. Elle voulait juste disparaître dans un trou et dormir.

L'ambulance met un temps infini avant d'arriver toutes sirènes hurlantes. On emporte Lina. Fernando m'accompagne à l'hôpital.

Un policier, venu m'interroger sur mes liens avec la rescapée, clôt l'entretien au bout de cinq minutes. « On vous tiendra au courant. »

Il semble las, indifférent, ce n'est ni la première, ni la dernière tentative de suicide dont il est le témoin.

Lina est repliée dans ce lit d'hôpital. Je crois qu'elle n'a pas envie de se réveiller, pas envie de vivre, pas envie de mourir non plus. Elle se maintient tant bien que mal à la frontière entre deux mondes, la vie et la mort, l'Europe et l'Amérique.

Dans la salle d'attente, abrutie de fatigue, je sombre dans un demi-sommeil.

Une infirmière me réveille et me prie de partir, la malade va mieux, elle a repris conscience, elle a subi un lavage d'estomac. Je pourrai la voir le lendemain. Je serre ma veste contre ma poitrine et baisse la tête pour dissimuler mes larmes. Je les essuie d'un revers de la main.

Le vent d'octobre chasse les feuilles des arbres et les journaux périmés. La vie de Lina s'envole aussi. Je repense à la malédiction qui pèse sur elle et qu'elle semble incapable d'exorciser.

Quelqu'un lui a volé son enfance, il y a bien longtemps. Le souvenir, comme un miroir grimaçant, ne la laisse pas en paix. Il chuchote sans trêve : « Tu n'es rien ! Tu ne vaux rien ! Il n'y a pas de place pour toi en ce monde ! »

« Tu devrais écrire un roman ou tes mémoires ! » lui avais-je dit.

« Ecris pour moi ! »

Comment raconter l'histoire d'une autre, sa plaie ouverte sur la page ? Lina, ma sœur, mon enfant. Je n'ai pas eu le courage de me battre comme elle l'a fait et de savoir parfois en rire. Son histoire, je l'ai écoutée parce que Lina est venue vers moi et m'a fait confiance, parce que l'histoire de cette jeune femme est celle de tant d'autres qui n'ont pas pu parler.

Quand elle était petite fille, elle habitait une grande maison à la campagne, une plaine herbeuse, chargée de mélancolie où le regard se perd. Elle avait un gros chien noir et beaucoup d'autres animaux, un chat roux, très dodu, un perroquet, un singe et une souris blanche. Elle leur parlait : « Animaux, animaux, je suis des vôtres ! » Les membres de sa famille, les seuls humains qu'elle connaissait, lui semblaient étrangers. Ils vivaient côte à côte sans se comprendre : la mère enfermée dans le ressentiment et les enfants livrés à eux-mêmes.

Lina avait poussé par hasard dans ce point de l'univers, mais sa vie n'avait pas plus de sens que celle des mauvaises herbes entre les dalles de la cour. Le père apparaissait de temps en temps et toute la famille semblait reprendre espoir. Peut-être que cette fois, il resterait un peu plus longtemps...

Charmeur, il jouait avec les enfants des jeux cruels, il leur faisait peur, puis les consolait. Il leur promettait des cadeaux pour sa prochaine visite et il repartait pour la ville où sa carrière militaire l'appelait. Ou ses affaires. Quelles affaires ? Personne n'en savait rien.

Pour aller à l'école, Lina devait faire une demi-heure de marche sur un chemin longeant une haie de roseaux qui cachait le fleuve. Sa mère n'avait pas le temps de l'accompagner, elle devait s'occuper de la ferme et du petit frère, encore un bébé. « Tu es assez grande maintenant, ne sois pas peureuse, allez, va ! »

Les insectes et les oiseaux faisaient route avec elle ; elle aimait le cri du martin-pêcheur, elle le saluait tous les matins et chantonnait pour se donner du courage. Les eaux bruissaient doucement.

A l'aube, un brouillard épais recouvrait la terre rouge, et Lina ne savait pas où elle mettait les pieds. Certains jours, elle croisait un homme vêtu de noir, au visage dissimulé sous un chapeau mou. Il agitait sa canne à pêche et feignait de l'attraper comme un petit poisson. Il la regardait par en dessous, l'appelait « guapa », puis fredonnait un air maléfique entre ses dents, comme un serpent. Et il riait avant de s'évanouir dans les buissons.

Un jour, arrachant le rideau de roseaux, l'homme surgit devant elle. Il devait la guetter. Un bras sortit de sa grande cape comme une aile de charognard. Il tira l'enfant jusqu'au bord du fleuve et la viola.

Elle ne se souvenait pas d'avoir crié. Elle était comme sa poupée de chiffons, Lili, qui devenait très sale à force de traîner dans la cour ; il fallait de temps en temps la passer à la machine à laver. Peu à peu Lili s'était décolorée et réduite en lambeaux ; on la jeta. Fin de l'enfance.

Au bord de la rivière, Lina se sentit comme une fleur qu'on arrache de sa tige ; les pétales écrasés, le dos écorché par les pierres quand l'homme en noir se coucha sur elle en ahanant. Les yeux de l'enfant prièrent le ciel : « Mon Dieu, aide-moi ! » Mais le ciel resta vide et pâle, comme le masque d'un clown blanc. Elle ne se souvenait même pas d'avoir eu mal, car elle s'était évanouie.

Quand elle se réveilla, il faisait grand jour, le brouillard s'était dissipé et le soleil réchauffait ses cuisses nues couvertes de sang séché et de sable. Sa culotte et sa jupe étaient chiffonnées. Elle sentit la douleur dans son sexe. Elle se lava avec l'eau du fleuve et vomit de dégoût. Puis elle se rhabilla et rentra chez elle en boitant.

Sa mère était occupée à cueillir des tomates au jardin. Quand elle vit la petite, elle eut peur. Peur des ennuis, des soucis. Alors elle la gronda parce qu'elle n'était pas allée à l'école.

« Où as-tu été ? Tu es toute sale. Et ta jupe rose, une horreur ! Cela vaut bien la peine de t'acheter de jolies choses ! » La fillette lui montra le sang séché, là entre les jambes. « Ce sont les règles : toutes les femmes ont ça une fois par mois, va te laver. »

Sa mère lui donna une serviette.

Lina, exceptionnellement, eut le droit de rester dans sa chambre toute la journée.

Mais le lendemain, elle dut à nouveau parcourir son chemin de croix le long de la roselière. Le vieux serpent ne parut pas. L'enfant crut qu'elle avait fait un cauchemar, elle l'oublia. Elle n'eut ses règles qu'une seule fois, le jour du viol. Ou alors ce ne fut que le sang du viol et les règles ne voulurent jamais venir.

Elle eut atrocement mal au ventre, puis le sang se tarit. Déréglée, me disait-elle, éternelle enfant.

Celui qui l'avait violée rôdait toujours, il avait quitté la campagne pour la ville.

Un jour, elle le croisa devant un bar et le reconnut. Elle eut envie de crier, de le dénoncer. Il la coinça contre un mur : « Si tu parles, je te tuerai. Ne dis rien à personne. Jamais. »

Elle l'appela « ese maldito », le maudit. Elle passait son chemin en se forçant à vaincre sa peur. Elle y parvint. Elle voulait voir le monde, étudier, s'amuser. Aimer peut-être.

Enfin, à dix-huit ans, elle partit vivre chez son père à Buenos Aires : il était devenu général. Elle entra à l'Université. Tout pouvait changer : elle dévorait les livres de philosophie, Marx, Nietzsche, Trotski, ce qu'il y avait de plus ardu, mais elle ne nourrissait son corps que de salade et de fruits.

Il y avait chaque semaine des manifestations contre la dictature. Lina portait à son cou un médaillon en argent avec l'effigie du Che, brandissait des pancartes et criait des slogans au milieu de la foule. La police filmait les étudiants en colère. Le père de Lina, lui, aimait la patrie, l'ordre et la force. « Ou tu te sépares de cette bande de communistes ou tu quittes ma maison. A toi de choisir, mais je ne te paie pas des études pour que tu fréquentes ces voyous qui ne pensent qu'à détruire notre pays. »

Elle avait choisi et s'était retrouvée à la rue ; puis elle partagea la chambre d'un camarade.

Le matin, à l'aube, elle se rendait à pied à l'Université. Le brouillard laineux, glacé était percé çà et là d'ombres rares qui marchaient rapidement. Le bruit du trafic l'assourdissait. Il lui semblait revivre le même calvaire que pendant son enfance : marcher seule dans le flou, sans repère.

Un jour, une Mercedes noire s'arrêta à sa hauteur. Un homme encagoulé l'attrapa : elle se trouva rapidement bâillonnée et couchée sur le plancher de la voiture.

Je lui demandai si elle avait au moins crié au secours. Elle ne s'en souvenait pas.

Au fur et à mesure que Lina me racontait son enlèvement, je voyais la voiture, les bourreaux.

On roule longtemps. On lui met un bandeau sur les yeux. On la sort du véhicule. On la fait descendre un interminable escalier. On l'assied sur une chaise, les bras attachés derrière le dos. On lui ôte le bâillon et le bandeau. En face d'elle, un homme velu, aux serres de vautour est assis derrière une table en métal couverte de paperasse. Son visage est tout noir dans son souvenir. Il parle d'une voix doucereuse : « Si tu nous donnes le nom des membres du syndicat, tu pourras partir immédiatement, et l'on n'en parlera plus. »

Elle s'est tue longtemps, puis on l'a conduite dans une pièce sombre. N'y tenant plus, elle a fait pipi dans sa culotte et a pleuré dans le noir. Elle est restée prostrée dans ses vêtements trempés d'urine, de sueur et de larmes. Elle en gardait une honte inavouable.

On vint la chercher pour la harceler de nouveau. Elle ne disait toujours rien. Il y avait d'autres hommes dans la pièce où se déroulait l'interrogatoire. Un jour, l'un d'eux la frappa au genou avec une barre de fer. Elle me dit qu'elle avait crié, mais que pas un mot n'était sorti de sa bouche : elle n'avait trahi personne.

L'homme du premier jour lui dit : « Tu vas mourir puisque tu ne veux pas parler. » Il s'était levé d'un bond et avait mis un pistolet sur la tempe de la jeune fille. « C'est facile pourtant, ne fais pas ta tête de mule. » Il caressa sa poitrine avec le canon de l'arme, puis descendit jusqu'à son sexe.

Elle trouva alors les mots qui sauvent : « Vous le savez bien, mon père, c'est le général Mendoza. »

L'homme qui semblait être le chef ordonna qu'on l'enfermât dans sa cellule pour vérifier ses dires.

Le scénario d'horreur reprit pourtant le lendemain.

On lui remet le bandeau et le bâillon, on la conduit dans l'escalier, son genou lui fait atrocement mal, elle gémit ; on la met dans le coffre d'une voiture. On roule pendant des heures. Les bruits de la ville s'estompent. Elle pense qu'elle va mourir. « Ah ! Mon Dieu, ils vont me tuer, et qui le saura ? »

Puis la voiture s'arrête. Il fait nuit. Elle ne voit pas le visage de ses bourreaux. On la sort du coffre et on la laisse sur le sol humide et puant.

Elle revoit le petit corps de chiffons de Lili abandonnée au fond du jardin, le jour où sa mère l'avait jetée avec dégoût.

Et la voiture repart. Lina est étonnée de se sentir encore en vie.

Après des heures de contorsions, elle finit par ôter ses entraves, mais elle ne peut pas marcher à cause de son genou blessé.

D'après l'odeur nauséabonde, elle se rend compte qu'elle est près d'une décharge. Des corbeaux volent au-dessus de sa tête. Au petit matin, un camion déverse un tas d'ordures. Lina appelle les éboueurs. Ils lui portent secours et l'emmènent dans un village.

Fin de l'épisode le plus épouvantable de sa jeune vie.

Un médecin l'examina. Elle fut soignée, réconfortée. Il la garda dans sa famille plusieurs semaines – c'était un ancien militant de gauche lui aussi. Il écouta son histoire et, lorsqu'elle eut terminé, il prit la décision qui s'imposait : « C'est trop dangereux de retourner à la capitale, je te procurerai de faux papiers, tu dois quitter le pays. »

Quelques semaines plus tard, elle embarquait pour l'Espagne.

Je l'avais croisée à Barcelone, son port d'attache, je l'avais revue à Zürich, puis à Rome, elle ne restait guère plus de six mois au même endroit. En mouvement, toujours en mouvement ou en fuite.

Notre première rencontre eut lieu un matin au Lazaro, un café où elle travaillait comme serveuse ; j'y étais revenue plusieurs fois. Quand il y avait peu de clients, nous parlions ensemble de tout et de rien. La plupart du temps, elle plaisantait, mais parfois son visage se fermait, traversé par un éclair de souffrance lorsqu'elle évoquait sa vie passée. « Sais-tu qu'en Argentine, pendant la dictature, il y eut plus de trente mille disparus ? Des détenues politiques accouchèrent en prison, les militaires prirent leurs bébés et les donnèrent aux familles fascistes, puis ils tuèrent leurs mères ». Lina ne pouvait pas oublier sa sœur, devenue religieuse, qui avait fini tragiquement. La rumeur disait qu'on l'avait jetée dans la mer depuis l'avion, comme tant d'autres. Sa mère le lui avait annoncé par téléphone. On n'avait jamais retrouvé son corps.

Des milliers de crimes impunis hantent la terre et les océans.

Ses amis étaient-ils morts ou vivants ? Elle était certaine de n'avoir jamais livré leurs noms. Pourtant les cauchemars revenaient. Peut-être avait-t-elle tout de même parlé, folle de douleur, de faim, de soif et de peur, sinon pourquoi l'auraient-ils relâchée ?

L'incertitude et la honte la rongeaient. Elle ne dormait presque plus, elle se douchait trois ou quatre fois par jour.

Maintenant que je l'ai retrouvée dans cette cave et en si mauvais état, je ne peux m'empêcher de penser qu'elle a voulu se laisser mourir pour que la honte meure avec elle. A moins que quelqu'un ait voulu la faire disparaître. Qui aurait fait cela ?

Lina m'avait parlé des escadrons de la mort qui assassinent même en Europe les témoins gênants de la dictature pour effacer toute trace. Cela n'aura jamais de fin. Je vis dans la peur, tout le temps, disait-elle.

Le lendemain, je pus la voir dans sa chambre d'hôpital. Elle me dit : « La seule chose qui me guérirait, ce serait de retourner là-bas, au bord du fleuve, dans la ferme de mon enfance, j'aimerais retrouver mon grand chien noir, me réfugier entre ses pattes, sentir sa bonne odeur de bête. « Ese maldito », il est sûrement mort lui aussi maintenant. Je vivrais tranquille, personne ne pourrait me retrouver pour me tuer. Mon père et ma sœur sont morts. Il ne reste que ma mère et mon jeune frère. J'aimerais tant les revoir. La dictature, c'est de la vieille histoire maintenant. »

Alors je caressai sa main qui sortait de sa chemise blanche, une main si maigre qu'on voyait les veines marbrer la peau. En une année, Lina s'était abîmée au point d'être méconnaissable. Elle s'était blottie dans la solitude en absorbant une dose massive de somnifères.

Je lui dis avec embarras : « Je te donnerai l'argent pour le retour en Argentine. Tu m'écriras ? » Elle me serra faiblement la main, sans un mot.

Lorsqu'elle sortit de l'hôpital, Fernando la mit dans l'avion pour Buenos Aires.

Plus tard, je reçus une lettre d'elle.

« Je suis couchée sur mon lit, le petit lit de mon enfance ; je n'ai pas la force de bouger. J'ai levé les yeux au ciel, mais le ciel était vide, j'ai appelé Dieu, mais il ne m'a pas répondu. Dieu est un clown, il s'amuse à me trimbaler partout. Partout je me sens mal, ici ou en Europe, ce sont toujours les mêmes pensées qui reviennent. A peine suis-je quelque part, qu'un démon malicieux tire le tapis de mes rêves et je m'affale, épuisée. »

La seconde lettre de Lina me redonna de l'espoir :

« Ma mère m'a soignée, nous avons pu nous dire toutes ces choses terribles de mon enfance et nous avons beaucoup pleuré. Tout est pardonné. Mon petit frère est devenu un beau jeune homme. Il est très fier de moi. Et je l'adore ! Et grande nouvelle, ma mère était si malheureuse qu'elle en était devenue méchante lorsque j'eus trois ou quatre ans. Celui que je croyais être mon père la trompait. Mais le plus fort de tout, c'est que ce n'est PAS mon père. Ma mère a sorti ce qu'elle avait sur le cœur depuis toutes ces années.

Elle a aimé brièvement un autre homme, déjà marié. Puis elle a connu mon père, elle s'est mariée très vite pour sauver les apparences.

Demain, figure-toi, je vais à Buenos Aires où habite mon vrai père, j'ai rendez-vous avec lui, je tremble, je suis heureuse. Dès que j'aurai une minute, je te raconterai ces retrouvailles. »

MARTISOR

Il sourit tristement. « Aucune Pénélope ne m'attend et j'ai perdu le don de voir les sirènes s'ébattre au milieu des flots ! »

Je me souviens d'avoir entrevu cet homme la veille sur le bateau. Je ne suis pas sûre d'avoir compris ; je le regarde, c'est un bel homme aux cheveux presque blancs. Ulysse de retour, pourquoi pas ! Il a un regard inquiet et curieux à la fois. « Une cigarette ? »

Débarquée sur l'île, en fin de journée, j'avais pu enfin poser mon sac à dos à l'hôtel et y passer ma première nuit.

Avant l'aube, j'avais rejoint la station de bus. Je devais encore me rendre dans un village que des amis m'avaient recommandé. J'avais réservé par Internet une chambre dans une pension de charme tenue par une Allemande.

Le temps était un peu couvert. Le silence semblait hanté par les bruits nocturnes des insectes qui brodaient l'air de leurs ailes. La plage vide, quelques restaurants fermés le long de la promenade de béton. En basse saison, il n'y a rien d'autre à faire dans ce port qu'à contempler la mer. Je viens d'un pays où nous n'avons pas la mer.

Assise sur un banc, j'attendais le bus. Un employé m'avait dit qu'il partirait en retard à cause d'une avarie à réparer.

« Une cigarette ? » Non merci. Accepterais-je alors de boire un café en sa compagnie pour passer le temps ? Il me tend la main. « Je m'appelle Stavros ? Et toi ? »

« Cécile. »

Les éternelles questions qu'on pose aux voyageuses solitaires. « Es-tu mariée ? Pourquoi ton mari n'est-il pas avec toi ? » « Il travaille. » La belle excuse, mais Stavros n'insiste pas : il semble préoccupé par autre chose. De sa main gauche, il serre un cendrier comme pour le briser, de l'autre il tient une cigarette qu'il porte sans cesse à ses lèvres. Il aspire la fumée comme un homme qui se noie.

« Je n'ai pas fermé l'œil cette nuit. A la tombée du jour, je suis allé à la maison de mon frère. Il n'était pas là.

J'ai passé toute ma jeunesse dans ce port de pêche. Il n'y avait pas de touristes à l'époque. Il fallait travailler dur, la nuit. Relever les filets au lever du soleil. On avait froid, faim aussi parfois. J'ai toujours détesté la mer. Je n'avais qu'un seul désir : quitter cette île, cette prison. Mon frère et mes parents me répétaient : où veux-tu aller ? Tu ne connais rien de la vie. » Stavros alluma une deuxième cigarette. « Dans ma famille, ils ne comprenaient pas. Quand j'ai eu seize ans, à la mort de mon père, je suis parti. Le vieux avait légué la maison et le bateau à mon frère aîné, à celui qui reprendrait le métier de nos ancêtres. A moi, rien. Tant mieux. Je ne suis personne ! » Il rit avec malice et fait signe à un gamin aux cheveux noirs et bouclés, l'air à moitié endormi. Il commande des cafés. « J'avais une fiancée. On se mariait jeune autrefois. Je rêvais qu'on partirait tous les deux sur le continent, j'aimais bien cuisiner, on aurait eu un bistrot. Mais quand elle apprit que l'héritage reviendrait à mon frère, elle me laissa tomber. »

Alors il partit seul, avec quelques drachmes en poche. Il travailla comme aide de cuisine à Athènes. Trois ans plus tard, un voisin qui venait de l'île, lui donna des nouvelles de son frère : il avait épousé son ex-fiancée et un fils leur était né.

« Je leur en voulais. J'étais malheureux et salement jaloux. Alors je suis parti en Argentine ; j'ai épousé une femme du pays qui m'a donné trois enfants. Je tenais un restaurant, les affaires marchaient bien. Mais ma femme est morte l'an passé. Mes enfants sont grands, ils n'ont plus besoin de moi. »

Le garçon bougon nous apporta les cafés et deux grands verres d'eau fraîche. Nous bûmes en silence.

Stavros avait eu envie de rentrer au pays pour revoir son frère : il trouva la maison vide. Son enfance n'était plus qu'un tas de poussière.

Son frère et lui étaient complices lorsqu'ils étaient petits garçons. Complices dans la rivalité et dans l'amour. C'est à l'adolescence que cela s'était gâté. Le frère aîné était sage et responsable, un modèle pour le plus jeune. Mais Stavros, voulait aussi exister, exister ailleurs puisque dans sa famille il n'avait pas la place qu'il aurait voulue, celle du grand. Et maintenant, où était-il, ce frère ?

Stavros resta un instant silencieux et chercha mon regard : « Je ne sais pas. Je ne t'ennuie pas avec mon histoire ? Hier soir, je suis tout de suite allé à la maison, enfin à la maison de mon frère, au bout du village, un peu à l'écart. Mes pas suivaient la rue du port comme si je n'étais jamais parti. C'était comme dans un rêve, étrange et familier à la fois. J'ai vu de loin la petite maison blanche aux volets bleus. Pas une voix, pas un filet de fumée, ni le moindre rai de lumière.

En arrivant, j'ai aperçu le jardin négligé ; il n'y avait plus d'hibiscus ni de bougainvillées comme dans mon souvenir ; les mauvaises herbes poussaient dans la cour jonchée de bouteilles en plastique et de cannettes de bière jetées par des passants. C'est souvent sale en Grèce. La porte de bois n'était pas fermée à clé, je suis entré. On arrive directement dans la cuisine. Une puanteur atroce m'a fait retenir ma respiration. Sous la table, il y avait un vieux chien attaché, il a jappé faiblement à mon arrivée, puis sa tête est retombée, sa gamelle devait être vide depuis plusieurs jours. Il avait attendu très longtemps, seul et abandonné. Jusqu'à la fin, il avait cru au retour de son maître.

Mon père, je m'en souviens tout à coup, avait un fusil dans l'armoire à balais. Je l'ai ouverte, le fusil était toujours là. Je l'ai pris, je l'ai chargé et l'ai pointé vers la gueule du chien, déjà mort peut-être, et j'ai tiré. C'était dégueulasse. J'ai jeté le fusil par terre et je me suis enfui jusqu'au port ; j'ai passé la nuit à ruminer. Et voilà qu'il faut encore attendre le bus. »

Stavros avait enfoui sa tête entre ses mains. Nous sommes restés là de longues minutes. Il ne bougeait pas. Un chagrin d'homme, sans larmes ni cris. Il fallait pourtant, me semblait-il... Je lui ai tapoté l'épaule : « Le bus est prêt maintenant. » Il a payé les cafés, s'est levé, le regard perdu, et m'a suivie. Nous sommes montés dans le bus. Il s'est assis et je me suis assise à ses côtés, n'osant pas le quitter après ce qu'il m'avait confié.

Il a regardé ses mains. Puis il a levé les yeux vers moi et les a détournés. Sa bouche tremblait un peu. Il a rencontré son visage qui se reflétait sur la vitre fraîche et noire, il y a appuyé son front, le regard noyé dans la nuit. Il m'a semblé qu'il méprisait ce qu'il avait fait et en mesurait l'inutilité.

A l'arrêt suivant, un couple d'adolescents est monté dans le car. Ils riaient fort. La jeune fille, aux cheveux noirs ondulés, s'appuyait sur l'épaule du garçon qui l'enlaçait tendrement. Je détournai les yeux et restai auprès de l'homme qui n'avait pas voulu être pêcheur. J'imaginais ce qu'il avait pu ressentir face au vieux chien moribond couché sous la table.

Une autre vie eût été possible : mon regard était aimanté par le jeune couple, l'antidote aux regrets, à ceux de Stavros, aux miens aussi.

Les amoureux exposaient leurs sentiments intimes sans fausse pudeur. Les moeurs ont bien changé, me disais-je. Je ne voulais pas les voir. Le bonheur des autres a quelque chose d'intolérable. J'enviais leur insouciance.

Quand je suis arrivée à destination, le soleil s'était levé, j'ai marmonné un au revoir et bonne chance à Stavros, mais ce sont les deux jeunes gens qui m'ont répondu gaiement. Ou alors Stavros s'était-il assoupi.

J'ai demandé à un passant où était la pension. « Au cœur du village, vous verrez une enseigne peinte à la main représentant un bateau orné d'un trident. »

Je frappai, et une jeune fille d'une quinzaine d'années m'accueillit avec un sourire très vite éteint lorsque, derrière elle, j'entendis la voix autoritaire et enrouée d'une autre femme. Lorsqu'elle me vit, elle prit l'air aimable et me souhaita la bienvenue :

« Appelez-moi Petra, ce sera plus simple, avez-vous fait bon voyage ? Je vais vous conduire à votre chambre. Et cette demoiselle, c'est Zora, une fille d'un village voisin, elle m'aide au ménage. Une perle, vous verrez! »

La maison a deux étages, elle est blanche avec des volets bleu clair. Jusque là cela correspond à ce que j'ai lu sur Internet. Je m'attendais à une pension de charme meublée simplement mais avec goût, une décoration typique de l'île, des broderies, du bois sculpté. Mais le typique n'existe plus nulle part. Ma chambre est petite et nue, le lit grince au moment où je m'affale, le matelas doit avoir à peine quelques centimètres d'épaisseur. Je m'installe pourtant, défais mon bagage, suspends quelques vêtements dans une armoire qui sent l'humidité.

La lumière du jour filtre à travers les volets, j'entends résonner les voix et la radio dans la rue, les informations en grec ; je ne comprends pas la langue, je repère juste le mot « democratia ». L'aboiement des chiens répond au cri de triomphe des coqs. Dans la rue, un pigeon s'acharne sur un autre, le pique du bec sur la tête. Une voiture passe, les pigeons ont disparu.

Je rejoins Petra au salon. Elle m'offre un verre d'eau et un café. Un chat siamois saute sur les genoux de sa maîtresse. Médée, c'est le nom de son chat, maigre comme elle ; Petra aspire voluptueusement sa cigarette. Cette jouissance béate et douloureuse semble effacer ma présence pendant quelques secondes.

Bien qu'Allemande, Petra porte un nom grec. « Devinez mon âge », me lance-t-elle d'un air mutin. La question piège, le test qui tue. « La cinquantaine, peut-être... » Elle sourit, ravie.

« Eh bien, j'ai soixante-cinq ans ! »

« Incroyable, vous ne les faites pas, et à moi, quel âge me donnez-vous ? »

« Quarante-cinq. » En plein dans le mille. «Mais vous êtes bien pour votre âge, c'est très joli votre coiffure. Quel courage vous avez de voyager seule ! Infirmière ? Vous êtes infirmière ? Moi je ne pourrais pas, toujours avec des gens malades ou mourants, ce doit être déprimant. » Petra me dira plus tard qu'elle dort mal, qu'elle a peur du cancer du sein : elle palpe sa poitrine tous les jours à la recherche d'un kyste suspect.

Pour changer de sujet, je tente d'apprivoiser Médée.

« J'adore les chats. » ai-je dit par politesse, et voilà que Médée souffle et se hérisse. En voilà une peste !

« Faites attention, elle est méchante. Je crois que ce sont les séquelles d'un traumatisme : je l'ai trouvée toute petite dans une poubelle, à moitié morte, je l'ai recueillie, soignée, sauvée. »

Petra est l'une de ces femmes qui détiennent toujours la vérité : « Les Grecs n'aiment pas les animaux. » Suit la complainte du progrès, les méfaits de la pollution, les nuisances du tourisme de masse, les dangers des additifs alimentaires.

Une abeille vient d'entrer par la fenêtre. Comme j'ai hâte de me promener le long de la mer, j'y vois le signal du départ. « Je vais à la plage. » dis-je.

« Alors bonne balade. » me lance Petra d'un ton aigre, un peu vexée que je la quitte au milieu de son monologue.

Je marche jusqu'à la mer. Un bateau de pêche (rouge et bleu) pose pour la photo avec, en arrière plan, le dos d'une péninsule allongée comme un cétacé qui ferait la sieste dans le golfe.

Au bar, quatre Grecs antiques dans leurs vestons râpés et leurs barbes de trois jours sirotent un café. Image immuable, ils ont toujours été là et je fais irruption dans leur quiétude. Ils m'ignorent jusqu'à ce que je leur dise : « Kalimera », mais je ne mets sans doute pas l'accent sur la syllabe qui convient car un seul d'entre eux m'adresse un vague hochement de tête en guise de salut. L'âne attaché au figuier est un peu étonné que je le salue lui aussi, il n'a pas l'habitude et il a l'air triste. Ses yeux me disent : « Toi, tu viens et tu repars, mais moi je reste attaché. Passe ton chemin, ne me fais pas croire que tu m'aimes. » Il a raison, pas d'attendrissements inutiles.

Les vieilles vêtues de noir trottinent et les enfants jouent à se poursuivre, leurs pas dessinent les lignes dans l'espace : de la poste à la banque, de la pharmacie au magasin d'alimentation. Pour les habitants de l'île, tout est familier, sans surprise, les journées tranquilles se succèdent, les enfants grandissent et les vieux finissent par mourir.

Je collectionne les coquillages ; j'empoche les galets qui m'attendent sur la plage ; ronds, lisses, rugueux, gris, bruns, rongés, tachés de rouge ou striés de blanc, ils me plaisent tous.

Il fait encore trop froid pour se baigner. Le vent s'est levé. Pourtant je ne résiste pas à l'envie de mettre les pieds dans l'eau. Un grand rouleau d'eau salée m'éclabousse : je suis trempée jusqu'à la racine des cheveux. Les femmes, dans les mythes antiques, étaient violées par des dieux déguisés en bêtes ou en éléments naturels pour enfanter des demi-dieux. Faire l'amour avec les vagues... cela me plaît, Léda et le cygne surtout. Je ris toute seule. Mes vêtements gorgés d'eau me font claquer des dents.

Il faut rentrer à la maison pour me sécher.

Même en voyage, il y a toujours un endroit qui signifie « maison ».

« Déjà de retour ? » Petra n'a pas l'air enchantée de me revoir au bout d'une heure à peine. Je paie ma chambre, mais je suis chez elle, tous ses gestes me le rappellent.

Elle s'agite frénétiquement. En grec, elle gronde Médée toujours entre ses jambes et donne des ordres à sa servante – la lessive, le repassage ne sont jamais faits comme il faudrait. Avec la pauvre fille, tout va de travers. « Je croyais que c'était une perle. » Petra rétorque : « Les jeunes d'aujourd'hui ne veulent plus travailler, ils sont tout de suite fatigués. »

Les jeunes filles ne restent jamais longtemps chez elle. Ni les clients. Ni les hommes.

Petra vit seule en pays étranger.

« Je suis devenue tout à fait grecque, vous savez. Je parle la langue presque à la perfection, cela fait vingt ans que je suis ici. J'ai épousé un Grec, très bel homme, plus jeune que moi, mais il est mort il y a cinq ans. Je vous raconterai cela plus tard, pour l'instant, j'ai du travail : je fais de la confiture d'oranges que je vends aux touristes pendant la saison. »

Je passai ma première nuit à me retourner en tous sens sur le matelas trop dur qui grinçait à chaque respiration. Le lendemain matin, je pris mon petit-déjeuner sur la terrasse tout en lisant un roman de Simenon acheté à l'aéroport intitulé : le Chat.

En levant les yeux vers les collines où le jaune et le vert se mêlaient, j'eus tout à coup l'envie de partir ailleurs. Il fallait que je me trouve un autre hôtel dans un autre village.

Je marchai dans la campagne jusqu'à midi sans pour autant me résoudre à quitter Petra.

Au bout de trois ou quatre jours, sa présence ne cessait de m'exaspérer.

La Reine, cigarette au coin des lèvres, restait plantée sur le seuil à surveiller sa bonne qui ne travaillait pas assez vite. Une fois, lassée de ce spectacle, elle me proposa de l'accompagner au marché. « Je ferai la cuisine pour vous. Une moussaka, cela vous dit ? » Comment refuser ?

Quelques tables sous des parasols maigrement garnies de salades, d'oranges et de citrons. Elle acheta des oignons, des aubergines. Puis nous nous rendîmes chez le boucher.

Petra s'étonnait que les gens la regardent de travers. « C'est à cause de la mort de mon mari. Les gens sont méchants, vous savez. En Grèce comme partout ailleurs, les gens n'attendent qu'une chose : que vous vous cassiez la figure ! »

Elle me confia qu'elle avait eu un amant après la mort de son mari. « Il était très amoureux de moi, mais marié. Il disait qu'il voulait divorcer – ils disent tous ça ! Puis il est retourné auprès de son épouse. Si tu étais Claudia Schiffer... Je ne dirais pas non ! Voilà sa déclaration ! Tous les hommes sont lâches, n'oubliez jamais cela, ma petite Cécile. Ils font les fanfarons, mais ils aiment les situations fausses. Ils finissent toujours par rentrer au bercail, la queue entre les jambes ; dès qu'il s'agit de se décider, il n'y a plus personne. Une femme libre ? Ils détestent ! C'est toujours une maman qu'ils cherchent. »

Le soir, elle m'invita à partager la moussaka trop salée, arrosée de Retsina râpeux, et me raconta sa vie.

Née à Berlin dans les années trente, au sein d'une riche famille bourgeoise, qui avait tout perdu, comme on dit, à cause de la guerre, elle s'était mariée à un pharmacien, débonnaire et vaniteux, qui avait la bosse du commerce. Un fils lui était né.

« Oui, il vient me voir tous les étés, mais je n'aime pas son amie, elle ne m'aime pas non plus, c'est une petite sotte. Les jeunes d'aujourd'hui n'ont rien dans la tête et ils sont mal élevés. Où va le monde ? Et toute cette vulgarité sur les affiches, cette agitation pour masquer le vide de la pensée. Non, croyez-moi, ma chère Cécile, en Grèce au moins, il y a une qualité de vie qu'on a perdue dans le reste de l'Europe. J'ai tourné le dos à la vie moderne. Je finirai mes jours ici. »

Je n'avais pas envie d'entendre à nouveau la complainte du progrès. « Parlez-moi de votre mari grec, de votre deuxième mari, je veux dire. »

La nuit tombée, il y avait pour tout éclairage quelques bougies allumées au salon. Médée était sortie faire sa ronde. Petra resta un instant muette, hébétée. Puis elle se forgea un sourire comme une vedette de cinéma qui fait des confidences que tout le monde connaît déjà. « J'avais le même âge que vous quand j'ai débarqué pour la première fois dans l'île, j'étais divorcée, enfin libre.

J'ai toujours adoré la Grèce parce que c'est l'opposé de l'Allemagne. J'ai visité plusieurs îles, j'ai cherché une maison où m'établir définitivement et j'ai atterri dans ce village.

Au restaurant de la plage où je mangeais tous les soirs, j'ai fait la connaissance du patron. Sa femme l'avait quitté – les femmes grecques sont infidèles, vous savez. Il était charmeur, élégant, nous nous sommes plu, je l'ai épousé quelques semaines plus tard. Un beau ténébreux, grand, mince, l'opposé de mon précédent mari, ce bébé rondouillard aux cheveux filasse !

Au début tout allait bien, j'étais une déesse blonde tombée de la lune. Puis peu à peu, il a passé son temps à boire de l'ouzo et à jouer aux cartes avec ses copains. Il rentrait ivre dans la chambre, peinait à faire l'amour et m'en voulait d'être témoin de sa veulerie.

Il avait, je crois, une liaison avec une Française de passage – les Grecs sont infidèles, vous savez – les femmes autant que les hommes d'ailleurs. Parfois il m'insultait :

«Vous les Allemandes, vous ne comprenez rien à l'âme grecque, vous êtes des barbares, des bouffeuses de saucisses et de bière. Un homme du pays, c'était ton rêve, mais tu ne sais pas y faire. Tu t'acharnes à me changer, finalement tu voudrais faire de moi un Allemand, sérieux et pantouflard. Je ne suis jamais assez bien pour toi ? Je suis un homme, moi, et je suis bien comme je suis. Si ça ne te plaît pas, retourne dans ton pays. Tout le monde te déteste ici avec tes grands airs. »

Un soir, il m'a frappée. Je lui ai rendu ses coups ; dans sa chute, il a heurté le rebord de la cheminée – hémorragie cérébrale – et il est mort quelques heures après.

Sa famille me hait, parce que j'ai hérité d'une partie de ses biens, mais je ne quitterai pas ce village, que ça leur plaise ou non. Ils ont même fait courir une infâme rumeur : j'aurais assassiné Stefanos ! Ah ! Laissez-moi rire ! Ce n'est pas vrai. Il était ivre, il est tombé. Je ne regrette rien ! »

Petra s'essuya les yeux, de rage ou de tristesse, ou les deux.

« Je l'ai aimé, personne ne pourra me l'ôter ! Mais comment cela se fait-il que les histoires d'amour tournent au vinaigre ? Je n'ai pas voulu cela ! »

Elle alluma une cigarette et balaya la fumée

de la main comme pour effacer un souvenir importun. « Je l'ai haï par la suite ; il m'ignorait, me négligeait, se laissait pousser le ventre, se lavait rarement. Il ronflait, à peine étendu sur le lit, au lieu de me faire l'amour comme un dieu, enfin comme au début de notre vie commune. »

Je crus un instant que nous partagions un moment de complicité, voire d'amitié et que la dureté apparente de Petra cachait sa détresse.

Elle passa la main dans ses cheveux d'un blond cendré. Après l'incendie de la passion, à la lueur des bougies, je vis soudain son âge réel : la bouche amère, les yeux fixes, le double menton, les seins tristes et flasques.

« Vous savez, Sophie, la haine fait vivre plus que l'amour. Sophie ? Votre nom, ce n'est pas Sophie ? Pourquoi est-ce que je vous appelle Sophie ? Je vois que cela ne vous plaît pas. La plupart des gens ont horreur qu'on les appelle par un nom différent du leur. Vous me faites penser à une femme que j'ai connue en Allemagne, elle travaillait dans le magasin bio où j'allais m'approvisionner ; vous vous ressemblez comme deux gouttes d'eau. Un sosie ? Oui. Vous n'aimez pas cela non plus ! Comme tout le monde, vous vous croyez unique ! Ma pauvre petite, la vie vous fera perdre vos illusions, vous verrez ! A propos, le repas, la moussaka, le vin, la salade d'oranges, cela fait quinze Euros. Pas de problème, vous pourrez me régler la note plus tard. »

Qui a dit : « *Il y a des êtres qui ne touchent le cœur qu'en le froissant* » ?

Petra s'était claquemurée dans une solitude sans faille comme un oursin dans sa carapace.

Je lui souhaitai sèchement une bonne nuit et rejoignis ma chambre.

J'avais hâte de partir. Le lendemain matin, je jetai mes affaires dans ma valise, payai ma pension et pris congé de ma logeuse.

En guise de viatique, elle me dit : « Je vous plains de rentrer en Suisse, vous allez retrouver le boulot, les horaires, les règlements, le froid. Si vous avez envie de liberté, revenez-me voir, écrivez-moi ! »

Sur le bateau du retour, je vois Stavros de dos, accoudé au bastingage. J'aime bien ce dos, ces longues jambes. Je crois qu'il a senti mon regard sur sa nuque : il se retourne. Il n'est plus tout à fait le même, je le trouve, oui, rajeuni. Il m'accueille d'un sourire éclatant. La première fois, je n'avais pas remarqué ses yeux bleu foncé. Il me serre la main chaleureusement et la garde un instant dans la sienne. Rasé de frais, une chaînette en or autour du cou, une chemise blanche bien repassée. « Hello Stavros ! Tu as retrouvé la bonne humeur ? » « C'est ton sourire, Cécile ! Cette robe rouge, comme elle te va bien ! Alors, ces vacances ? T'es-tu bien reposée ? » Eh oui ! Nous nous tutoyons comme de vieux amis.

Je lui raconte ces quelques jours passés à la pension ; je m'efforce de faire un récit amusant de la vie du trio infernal, la patronne, la bonne et le félin, mais mon compagnon reste impassible. J'ai mis les pieds dans le plat et j'en ignore la raison. Stavros se rembrunit et contemple la mer écumante.

« J'ai appris que mon frère a émigré à New York, il y est mort l'année passée. La maison était louée à quelqu'un qui a lui-même disparu. Sache aussi que mon cousin Stefanos est mort, assassiné par cette Allemande que tu as rencontrée. »

« Ce n'est pas possible ! C'était un accident. » dis-je.

« Non, la police a bâclé l'enquête. J'en ai la preuve, mais je garde cela pour moi. Petra est une femme habile et influente. Tout se paie en ce monde, elle a un cancer du sein. Elle mourra bientôt, je crois. Elle me fait pitié, je ne lui en veux pas. »

Nous regardons la mer où règnent de grands oiseaux blancs. Ils plongent tour à tour pour attraper les poissons, puis, rassasiés, ils s'envolent là-bas, de l'autre côté de la montagne.

Nos yeux se rencontrent, nous nous sourions sans mot dire. Stavros met la main dans sa poche et en sort une petite figurine tressée de rouge et de blanc :

« C'est pour toi. »

« Qu'est-ce que c'est ? »

« Un martisor, une amulette qui annonce le printemps. Je l'ai toujours gardé sur moi depuis qu'un marin moldave me l'a donné il y a bien longtemps. Maintenant il est à toi, ce porte-bonheur, en souvenir de notre rencontre et en gage d'éternelle amitié. »

Il regarde une dernière fois en direction de l'île : « Hier, je suis retourné à la maison, j'ai tout nettoyé. J'ai enterré le chien dans le jardin. Il paraît que je vais hériter de la petite propriété finalement, mais c'est trop tard. Je la vendrai, rien ne m'y attache maintenant. »

Il rejette de la main une mèche de ses cheveux argentés.

« Ne trouves-tu pas que tout arrive dans la vie ? Tout ce qui doit arriver. Oui. Trop tôt ou trop tard, que c'est bête. »

J'acquiesce. Nous restons silencieux en regardant le sillage bouillonnant du bateau.

« Ne parlons plus du passé, je recommence

une autre vie. Et j'ai cessé de fumer ! As-tu remarqué ? » Il respire profondément. « L'air salé pénètre dans chaque cellule de mon corps. C'est bon d'être avec toi sur ce bateau. »

Le vent nous oblige à chercher un abri contre une cabine. Stavros me prend par l'épaule et me serre contre sa poitrine. Je suis à lui. Il caresse mon visage entre ses mains et m'embrasse longuement avec douceur. Et moi qui le croyais ébréché par la vie ! Je le cherche à mon tour. Tout est dit par cet unique baiser qui contient tous ceux que nous aurions échangés si nous nous étions connus plus tôt, ailleurs, qui sait, dans une autre vie.

C'est déjà le débarquement. Nous écrivons nos adresses sur les tickets de bateau et nous nous séparons avec un sourire pour cacher des larmes que chacun de nous garde secrètes.

Vivre au présent, sans regret, être reconnaissant, ne rien attendre. Ce n'est pas aussi facile que le disent les magazines de psychologie !

Lors du vol d'Athènes à Genève, une jeune mère et son petit garçon occupent les sièges à côté du mien. L'enfant, nez collé au hublot, demande à plusieurs reprises : « Pourquoi y a-t-il des nuages dans la mer ? » « Ce sont les vagues qu'on voit d'en haut. » dit sa maman.

Pourquoi ? Pourquoi ?

Je me sens comme cet enfant. Une question en cache toujours une autre, et les réponses raisonnables ne me satisfont pas. Reverrai-je Stavros ? Est-ce qu'il m'aime ?

La main dans la poche de ma veste, je caresse le martisor. Dans l'autre poche, un coquillage. Je le colle à mon oreille et j'écoute : le bourdonnement de l'avion, la pulsation de mon sang.

BARBE BLEUE

Le monde dans lequel j'avais eu mes dix-huit ans était limité au quartier d'une petite ville de campagne et à la boutique de mes parents. Ils étaient toujours occupés à vendre, couper, emballer de la viande, faire des saucissons et des brochettes. C'est un pays de charcutiers. Les affaires vont bien.

Mon fiancé, un ami d'enfance, était boucher lui aussi, fils d'un collègue de mon père. Il avait vingt-six ans. Une barbichette noire lui dessinait un menton carré. Quand j'étais gamine, il était déjà un grand. Nous ne nous amusions pas ensemble, il avait d'autres jeux. Les filles se succédaient dans son lit et il ne s'en cachait pas. Ses mœurs alimentaient les commérages, les mères tentaient d'effrayer leurs filles en leur parlant des dangers d'une grossesse précoce, de la honte d'être ensuite abandonnée. A minuit, il fallait être rentrée après la fête au village. Je pensais qu'il me considérait un peu comme une petite cousine et je me moquais de ses frasques. Je n'avais aucune expérience des hommes, ils viennent de Mars paraît-il.

Je fus étonnée qu'il veuille m'épouser. Il ne m'avait jamais touchée, je n'étais pas comme les autres, du moins le croyais-je, puisqu'il disait aimer ma peau très blanche et mon sourire innocent. « Toi, tu n'es pas une fille facile, je te respecte. »

Peu après le mariage, nous avons eu deux filles. Les anciennes amies de mon mari avaient toutes disparu sans laisser de trace. J'étais la seule, enfin.

Mon homme aimait me surprendre alors que je faisais la vaisselle. Il entrait sans bruit, je feignais d'ignorer sa présence et il collait son corps contre mon dos. Je poussais un cri de frayeur et cela lui plaisait fort. Je sentais son odeur de cuir et de transpiration. Les bouchers ont de grandes mains roses, mon mari ne faisait pas exception. Quand il les posait sur ma nuque et que je les sentais descendre le long de mon dos, je fondais ; nous nous laissions chavirer dans la cuisine ou dans la chambre à coucher.

Lorsque la jeune fille aveugle emménagea, j'eus l'impression qu'une faille aussi fine qu'un cheveu s'insinuait dans l'immeuble.

Jeanne avait des formes douces et sensuelles, sa silhouette flottait quelques centimètres au-dessus du trottoir lorsqu'elle s'approchait de la vitrine du magasin. La jeune aveugle passait devant les hommes, sa longue chevelure brune agitée par le vent. Sa maladresse était une grâce.

Des clients fatigués, perclus se rendaient chez elle dans son cabinet de massage et, une heure après, ils étaient métamorphosés, ils avaient retrouvé leur corps entier. Depuis la vitrine, je guettais ces gens, souvent les mêmes.

Un homme apportait chaque semaine des fleurs ou des pralinés dans un carton rose. Pour Noël, il sortit de sa voiture un ourson brun avec un collier de cuir rouge et une clochette dorée. De loin, je crus la peluche vivante, avec les agates brillantes de ses yeux qui paraissaient me regarder avec malice. J'étais jalouse. Je ne manquais de rien, mais à moi, aucun homme ne faisait de cadeau extravagant. J'avais reçu un trousseau, une bague, voilà tout.

Mes parents, mon mari avaient toujours beaucoup à faire. Travail. Travail. Même le dimanche après-midi. Pas de problème, c'est la vie, qu'ils disaient.

Jeanne venait à la boucherie deux ou trois fois par semaine. Mon mari bêtifiait comme pour parler à un enfant, avec un sourire idiot;

il oubliait de lui dire le prix de la viande, la raccompagnait jusqu'à la porte en courbant l'échine. J'en éprouvais du dégoût.

Cela faisait près d'un an que Jeanne vivait dans notre immeuble, lorsqu'un dimanche se produisit un accident.

J'ai appelé l'ambulance et Jeanne s'est retrouvée à l'hôpital.

Le lendemain, je lui rendis visite.

Elle parlait d'une voix éteinte et larmoyante : « La chambre froide. » ou encore « Marcello » (Marcello, c'est le nom de mon mari). L'infirmière me dit qu'elle délirait un peu – le choc sans doute.

Il fallait surveiller son électrocardiogramme : l'arythmie pouvait lui être fatale.

Jeanne me reconnut lorsque je lui pris la main. Elle se dit heureuse de ma visite. Son doux visage m'effrayait ; je la regardais dans les yeux, des yeux qui ne voyaient rien mais semblaient fixés à l'intérieur des miens pour y lire mes sentiments.

Elle m'avait raconté l'histoire de sa maladie, un après-midi d'été. Le soleil filtrait à travers les feuilles de marronnier, nous étions assises côte à côte sur l'un des bancs qui ornent le square devant notre immeuble. Je lui avais demandé comment elle me voyait : « Une ombre, Emma. Une ombre grise et floue. » Elle m'avait caressé les cheveux et ce geste m'avait embarrassée, mais je l'avais laissée faire comme si elle était un chien ou un chat en quête de câlins, je ne la percevais pas comme une femme.

« J'ai commencé à voir tout en gris vers l'âge de cinq ans, mon champ de vision s'est rétréci à la dimension d'un confetti, un petit confetti gris. Une dégénérescence des yeux, il n'y a rien à faire, mais j'ai accepté mon sort. Même si un miracle pouvait me redonner la vue, je n'en voudrais pas. » Ah ! tu verras quand la chirurgie aura encore fait des progrès, tu changeras d'avis, ma petite, pensai-je. « Je ressens tant de choses que tu ne peux imaginer. La brise agite les feuilles du marronnier pendant que nous parlons, c'est une musique sur mon visage. Un rayon de soleil sur mon coude alors que le reste de mon corps est au frais sous les feuilles, c'est un baiser brûlant. Les yeux fermés, je me sens comme une déesse qui voit le cœur joyeux, brisé, saignant de ceux qui m'approchent. Certains trouvent l'apaisement, d'autres l'effroi. Et toi ? »

Je ne sus que dire. Les infirmes me mettent très mal à l'aise.

« Ne sois pas gênée, donne-moi un baiser. »

Et je m'exécutai timidement.

« Maman ne m'embrassait jamais. Une petite fille aveugle, quelle punition pour les fautes imaginaires qu'elle se reprochait ! Elle m'a placée en pension dans un institut. Enfin mes parents m'ont reprise à seize ans. Les pauvres, ils sont tous les deux morts peu après dans un accident de voiture, je ne les ai pas beaucoup connus ! »

Jeanne garda longtemps ma main dans la sienne. Ne pas la blesser surtout. Moi qui n'avais pas eu de sœur, peut-être…peut-être quoi ? Je voulais la protéger, je voulais qu'elle me soit reconnaissante ? En tout cas, elle me troublait.

Dans cette chambre d'hôpital, Jeanne restait immobile et gémissait par instants. Son visage lisse s'anima brièvement, elle eut un sourire que je ne lui connaissais pas, puis éclata en sanglots, mordit le drap avec un cri étouffé. Le changement fut rapide et étrange ; je me demandai si elle n'avait pas une crise d'épilepsie suite au choc. Une minute après, elle avait retrouvé le calme : « Ce n'est rien, laisse-moi seule, je vais essayer de dormir. »

La nuit suivante, je rêvai d'immenses quartiers de bœuf dans l'abattoir de mon père, de moutons écorchés, des cris stridents des porcelets devant le couteau. Le souvenir du rêve ne s'effaçait pas, je me levai pour boire de l'eau au robinet de la salle de bain.

Petite fille, je ne comprenais pas que la

viande provenait de ces êtres à quatre pattes qui broutaient ou gambadaient d'un bout à l'autre du pré.

Un jour, il fallut me rendre à l'évidence.

Mon père était un gros homme rouge avec un tablier blanc qui crissait à chacun de ses mouvements. En bottes de caoutchouc, il découpait les bêtes à la scie et à la hache avec une parfaite précision du geste, juste aux articulations, sans jamais endommager les os ni la chair, il s'était exercé toute sa vie. Pour lui, l'animal avait quelque chose d'abstrait, il n'avait même plus besoin de le regarder. Son chien aux yeux clairs tournait autour de lui en aboyant, excité par le sang.

Oui, ce jour-là, je m'en souviens. On faisait boucherie dans la cour. Les gens criaient que le cheval s'était enfui. Les voisins se sont lancés à sa poursuite. Je regardai mon père, les yeux exorbités. « Ils vont le rattraper le cheval ? » J'avais cinq ans peut-être.

Il s'est approché de moi, m'a saisie par les épaules et embrassée en me froissant la joue : « Bien sûr qu'ils vont l'attraper, comme moi je t'attrape ! » Je me suis enfuie en courant et il riait. Je suis allée à la cuisine. Ma mère préparait le déjeuner. Des lambeaux de rêve se mêlaient à mes souvenirs de petite fille. L'odeur du sang dont on faisait le boudin, l'odeur du café, l'odeur des bêtes.

Il me semblait que j'aurais dû me rappeler de quelque chose d'important à propos de cette journée de boucherie, mais les ronflements de Marcello, endormi à côté de moi, me firent oublier ce que c'était. Il dormait toujours très profondément, lui.

Nous étions mercredi ; je suis retournée voir Jeanne à l'hôpital. Je lui ai demandé ce dont elle se souvenait de l'accident. Ce n'est pas un accident, me dit-elle. Je dois te dire… Emma, cela fait des mois que j'aurais dû te le dire, mais je ne pouvais pas. Je dois t'avouer, j'ai honte, mais tu es mon amie…quand tu n'étais pas là, Marcello me disait que j'étais ravissante. Puis d'autres choses encore que je ne veux pas répéter (c'est cela, fais ta sainte nitouche). Ton homme me trouvait belle, aucun ne me l'avait dit auparavant. Mes parents ne me complimentaient jamais, j'étais une charge pour eux. J'avais vingt-deux ans, sais-tu, et je n'avais encore jamais fait l'amour. Je n'avais aucune volonté de résister à Marcello. Je rentrais dans mon appartement, heureuse et molle me répétant ses paroles, je prenais un bain, caressait mon corps, désirable pour un autre. Belle, qu'est-ce que cela signifie ? Je ne pouvais vérifier par moi-même et je n'avais aucun moyen de me comparer à d'autres femmes pour juger de ce que

Marcello appelait ma beauté. Séduire ? Je ne sais pas ce que cela signifie, je n'ai jamais appris. Et lui, Marcello comment est-il ? Je ne connais que sa voix rauque et son haleine, l'odeur de sa peau élastique et ses cheveux bouclés, sa barbichette râpeuse sur mes joues et entre mes cuisses. J'ai tellement honte maintenant (tu parles, qu'a-t-elle besoin de me donner ces détails, cette petite pute). Un après-midi, tu n'étais pas là, il n'y avait pas d'autre client. Je lui ai demandé des côtelettes d'agneau. Il en avait à la cave, m'a-t-il dit. Veux-tu m'accompagner ? Tu n'auras pas peur ? J'adorerais te faire peur. Ah ! Ah ! Ah ! Laisse ta canne ici et donne-moi la main pour descendre l'escalier. Il me tenait fermement, je l'ai suivi parce que dès qu'on me prend par la main, je me laisse emmener, c'est peut-être parce que je suis toujours dans la nuit, alors la cave ou un autre endroit, cela m'est parfaitement égal. Nous sommes arrivés en bas, il m'a prise dans ses bras. C'était la première fois qu'un homme m'embrassait. Je lui ai rendu ses baisers. Tu ne peux pas me voir, et ça me rend fou de désir pour toi. Jeanne, je vais te bouffer. Et il l'a fait. J'avais le dos collé contre un mur rugueux, mes jambes se sont dérobées sous moi et j'ai poussé un cri que je ne connaissais pas, comme une bête. Il m'a relevée, soutenue de ses immenses mains. Personne ne semblait nous avoir entendus. Puis il a embrassé mes paupières et m'a reconduite chez moi. Tu devines la suite (la suite, ma chérie, je la connais bien davantage que tu l'imagines).

Jeanne tourna le visage dans ma direction avec une expression d'angoisse comme si elle cherchait mon regard. « Je ne pensais pas, Emma, j'étais comme l'agneau sans défense face au couteau. J'ai besoin de raconter cela à quelqu'un, je n'en peux plus. »

Je ne répondis rien. Je savais tout depuis longtemps.

Je quittai la chambre d'hôpital avec dégoût. « Petite garce, je te déteste. »

Vendredi matin, je me réveillai tout à fait calme et retournai auprès de Jeanne, j'avais envie de la voir encore, comme pour me découvrir moi-même. Elle dormait, pâle, la tête posée sur l'oreiller. Un rayon de soleil effleurait ses paupières, elle ouvrit les yeux, sans rien voir. Et moi je la voyais, vivante, alors qu'elle aurait dû mourir enfermée dans la chambre froide. C'est moi qui l'ai trouvée et j'ai fait venir l'ambulance. Un accident. Personne ne saura jamais comment elle est entrée là. Je suis la seule à le savoir. Je voulais la faire disparaître, pour faire disparaître les visions qui m'empêchaient de dormir. Je l'ai enfermée là, par erreur, enfin presque par erreur, espérant l'oublier. Puis j'ai éprouvé, comment dirai-je, des remords. Non, plutôt du dégoût. Alors j'ai rouvert la porte au bout de quelques minutes. Elle respirait faiblement, la petite, la mignonne. J'avais sur elle un pouvoir de vie ou de mort, mais cela me parut soudain ridicule. Oui, je crois que je l'ai épargnée par peur du ridicule.

Depuis que Marcello était devenu son amant, il la voulait tous les jours. Le matin à cinq heures, il me disait qu'il allait à l'abattoir chercher la marchandise. Une fois, je l'ai suivi : je les ai vus dans son lit à elle, il n'avait même pas pris la peine de fermer la porte à clé derrière lui. Jeanne la laissait ouverte, il se glissait dans l'appartement, dans son lit chaud alors qu'elle était encore presque endormie.

Je sais exactement ce qu'il lui disait pendant l'amour, ces mots, il me les répétait sans cesse : « Je rêve de te manger, je vais te découper en morceaux, te bouffer, tout est bon chez toi, tes tétons, tes fesses, tout, il n'y a rien à jeter, tu connais la chanson. Ah ! Ah ! Ah ! » et il la bouffait de baisers. Il lui disait comme à moi : « je vais te traîner par les pieds dans la boucherie, t'attacher, te couper en tranches et te dévorer, je vais te donner la fessée et tu saigneras et je boirai ton sang, je te lècherai jusqu'à la fin des temps. Je te couvrirai de bleus et je te marquerai au fer rouge, cela fera un joli tableau et tu seras à moi, toute à moi. » Il l'étranglait jusqu'à ce que elle perde presque connaissance. C'était un jeu que je connaissais bien. Je croyais que c'était le jeu de l'amour. Notre jeu à nous deux seulement. C'était leur rituel à eux aussi.

A son réveil, j'ai longuement observé le visage de la jeune femme au regard absent, je n'éprouvais aucune haine. Lorsque j'ai détourné les yeux, ce visage restait collé au mien, je ne pouvais pas l'arracher comme j'aurais pu le faire d'un masque.

« Bonjour Jeanne, c'est moi. Ne t'inquiète pas. Marcello aime la chair. Il est comme ça. Je ne t'en veux pas, toi ou une autre, cela devait arriver. »

Marcello n'était pas venu la voir à l'hôpital. Jeanne le haïssait maintenant. Elle était persuadée qu'il l'avait enfermée pour se débarrasser d'elle. Cela m'arrangeait qu'elle le croie aussi féroce que Barbe Bleue.

Elle m'a demandé de lui laver les cheveux. L'odeur de Marcello y était encore.

« J'ai adoré cette odeur. Toute la journée, je la flairais à chaque mouvement de tête. Maintenant, c'est l'odeur de la mort. Délivremoi. Lave-moi de tout cela. Je t'ai tout dit, aurais-je mieux fait de me taire ? Marcello m'a répété sans cesse qu'il voulait me tuer, qui d'autre aurait pu fermer la porte ? On m'aurait trouvée gelée dans la chambre froide si tu ne l'avais pas ouverte à temps. Tu m'as sauvé la vie, Emma. »

C'est peut-être vrai. Mais qu'elle est stupide. Elle n'a vraiment rien compris. J'ai ouvert la porte du congélateur et Jeanne a survécu. J'ai raté mon coup. Enfin, moi aussi j'ai été stupide, sa mort ne m'aurait apporté aucun soulagement.

Jeanne avait quelque chose en moins, un regard, et quelque chose en plus à cause de cela. Je l'ai compris dès que j'ai découvert leur liaison.

Lorsque Marcello me faisait l'amour, son bavardage amoureux me ravissait ; nos yeux se rencontraient, nous savions tous les deux que c'était un jeu. Il feignait de me dominer et, pour lui plaire, je le laissais le croire en battant des paupières affolées.

Mais avec Jeanne, c'était pour de vrai. Elle ne le voyait pas, ne percevait pas son regard inhumain lorsqu'il croyait la posséder. Plus le temps passait, plus il s'acharnait, il voulait déceler ce qu'il y avait derrière ses yeux qui ne le voyaient pas. Il cherchait en vain une réponse à sa folie de possession. Alors, il lui faisait répéter : « Je suis ton esclave ».

Très drôle ! Un jour, je faillis éclater de rire devant leur comédie d'amour. Je m'enfuis en claquant la porte et courus dans l'escalier. Ils durent incriminer un courant d'air car il n'y eut pas de réaction de Marcello. Ou alors, il s'en fichait ! J'étais bien bête de me tourmenter pour cela. C'est suite à cet incident que je décidai d'en finir avec elle.

La tête de Jeanne flottait sur les oreillers. « Ma chérie, je dois te quitter maintenant, il paraît que tu sortiras de l'hôpital dans trois jours, tout ira bien, ne t'en fais pas ! Ferme les yeux, ma jolie. »

Je retournai au magasin. Marcello s'y trouvait, comme d'habitude, pour servir les clients. Mes filles étaient à l'école. Comme si de rien n'était, je tranchai des morceaux de bœuf pour une fondue chinoise dans l'arrière boutique et les rangeai sur un plat d'une blancheur immaculée, intercalant des feuilles transparentes. Quand j'eus terminé, j'envoyai l'employé livrer la commande.

Soudain, je fus déchirée par un vomissement. Quand enfin j'eus lâché tout ce qui m'étouffait, je me redressai et criai à mon mari : je crois que j'en ai fini avec la charcuterie !

Il ne me fallut pas plus d'une heure pour emballer quelques affaires dans une valise, sans oublier de retirer mes avoirs à la banque. Le chauffeur de taxi écoutait France Musique, il me demanda : « et maintenant où allez-vous, chère Madame ? »

PISTE NOIRE

Un matin au réveil, sensation d'une main invisible qui écrase. Une main rouge, la main de la fatalité, dans le monde en noir et blanc. Au même instant, un cri venant de l'immeuble qui masque ma maison, un cri épouvantable qui s'est arrêté soudainement.

Je me précipite à la fenêtre de la cuisine : sur le trottoir, qui fait l'angle de l'immeuble, gît un corps disloqué, un filet de sang s'étend progressivement autour de sa chevelure grise maculée de brun.

Peu après, les sirènes retentissent, une ambulance arrive, puis une voiture de police. Des hommes en blouse blanche descendent du véhicule, mettent le cadavre dans un sac de plastique et le déposent sur une civière. Un policier verse des seaux d'eau pour dissoudre le sang sur le bitume.

C'est tôt le matin. Il y a peu de monde dans la rue à part les hommes qui accomplissent cette tâche avec des gestes de professionnels, calmes, précis. La rue va retrouver son aspect gris et propre dans peu de temps, les clients du supermarché feront leurs emplettes sans se douter de rien.

Les hommes en uniforme et l'homme en blouse blanche partent et je reste devant la fenêtre avec l'impression que le suicidé a appelé au secours au moment où il se jetait par la fenêtre.

Plus tard, j'interroge les voisins : l'homme était atteint d'une maladie incurable. Je ne ressens pas de pitié, mais de la colère. Il y a d'autres moyens de mourir, non ? Quelque chose de plus discret.

Je quitte la maison et marche jusqu'à la bibliothèque où je travaille au service du prêt.

Toute la journée, ma tête est enfermée dans un casque, les bruits sont assourdis, mes gestes lents, mon regard ne se pose sur rien ni personne. On me parle, mais je sens la vitre molle qui me sépare du reste du monde.

Il est cinq heures. On va fermer. On ferme. Et je marche, je fais un long détour, je n'ai aucune envie de rentrer chez moi.

Je monte jusqu'à la cathédrale.

Il n'y a que deux ou trois personnes sur l'esplanade, le vent souffle fort et rabat mes cheveux sur mon visage.

Je m'accoude au muret en serrant mon manteau et contemple la ville à mes pieds, emprisonnée sous une cloche de verre incandescent, d'un rouge violacé. Des filaments débordent comme d'une plaie sur l'horizon. Je n'ai jamais vu le ciel ivre à ce point : une débauche de couleurs véhémentes : cuivres assourdissants, gris anthracite et blanc lumineux comme l'éclat d'une épée. Peu à peu le rouge disparaît, et les gris bleutés s'estompent. Le noir est là.

Un homme est assis sur un banc derrière moi. Il m'a vaguement rappelé quelqu'un. Je l'ai à peine regardé, je ne suis pas d'humeur.

En m'éloignant de l'esplanade, j'entends marcher derrière moi. L'homme m'aborde : « Je n'ai pas osé vous déranger, le coucher du soleil, c'est un moment magique ! Je viens là presque tous les soirs. Excusez-moi, mais je crois vous reconnaître, ne seriez-vous pas Gabrielle ? »

« Oui, c'est moi. Qui êtes-vous ? »

« Marc, le frère de Jordan. »

Vingt ans avaient passé, Marc avait le crâne dégarni, mais j'ai reconnu ses yeux et sa bouche sous l'éclat des réverbères de la place.

Je ne l'avais rencontré qu'une seule fois sur la plage bordée de peupliers. Un adolescent au milieu des autres jeunes garçons « en mutation. » Ils jouaient au ballon en maillot de bain : rires, cris, sueur ! Quand la partie fut terminée, j'entendis Jordan crier : « Eh ! Marc, viens par ici, que je te présente Gabrielle ! »

La voix joyeuse de Jordan que j'avais aimé surgit de ma mémoire, je revois sa bouche sensuelle et son menton fort, ses yeux gris étonnés.

Je me souviens de sa haute stature qui se découpait dans la lumière de l'été.

Dans le film de mon souvenir, Marc s'approchait, puis s'asseyait à côté de nous. Je regardais les deux frères, m'amusant à déceler des signes de complicité entre eux. A première vue, deux étrangers. Marc, petit, râblé, sérieux. Jordan longiligne et rêveur. Le sourire, le regard, inoubliables.

Nous avions nagé dans le lac. Les deux frères rivalisaient au plongeoir : Jordan faisait des sauts périlleux et retombait sur l'eau maladroitement au risque de se faire éclater les tripes, mais il recommençait inlassablement. Marc se contentait de plonger la tête la première et de s'ébrouer en riant.

J'avais nagé plus loin, jusqu'aux bouées jaunes qui signalaient aux bateaux à moteur l'espace réservé aux baigneurs. Et, de cette distance, je les avais contemplés. Soudain les algues râpeuses ont chatouillé mes cuisses, m'attirant au fond des eaux troubles. Je me suis dépêchée de regagner la berge et me suis allongée au soleil.

Quand nous étions enfants, nos parents nous disaient de ne pas nager jusqu'aux algues où l'eau est si noire. Je faisais peur à mes frères en leur disant que les requins nous guettaient pour nous manger les pieds. Et puis un jour, nous avons nagé plus loin que les algues, avec fierté ou peut-être tristesse. Le point de non-retour avait été franchi.

Jordan me rejoignit bientôt : nous étions étendus côte à côte, mouillés et frissonnants, sur la même serviette de bain, presque nus, séparés par une invisible épée de pudeur. Je le désirais, je l'aimais peut-être, mais gardais ces sentiments secrets.

La tête posée sur les coudes, nous nous regardions du coin de l'œil. Où en étions-nous ? Amour ? Amitié ? Jordan avait vingt ans et moi vingt-cinq, cette différence d'âge me semblait un abîme.

Un jour, il m'avait appris à conduire la moto. Il était assis sur le siège arrière et entourait mon buste de ses bras, sa bouche contre mon oreille. Je conduisais pour la première fois et la machine avançait en cahotant, mais elle avançait !

Un homme âgé au sourire édenté s'était approché alors que je m'apprêtais à démarrer. Il avait interpellé Jordan : « C'est ta bonne amie ? »

« Non, c'est mon amie » avait-il répondu.

Ce fut le premier et le dernier corps à corps.

Douze mois passèrent. Jordan faisait son service militaire. Il y était à contrecœur. Rien ne lui semblait plus absurde que ces uniformes, ces casques, ces galons, ces baïonnettes, ces fusils d'assaut, ces rites guerriers qui étaient censés transformer un gamin en homme.

Lors de ses permissions, il me racontait des anecdotes sur les recrues qui, au début, me faisaient rire. Elles finirent par m'ennuyer : les longues marches dans la nuit, les pieds dans la rivières glacée, la folie du conducteur de la jeep – complètement saoul, il avait précipité ses camarades dans un fossé.

Jordan racontait les humiliations, les punitions mesquines. Pour un bouton mal cousu : encore trois heures de marche avec vingt kilos sur le dos. Par jeu, en plein mois de janvier, on les obligeait à engager une partie de football à six heures du matin. Les gradés leur inculquaient la discipline, et tant pis pour les mauviettes.

Alors j'ai vu Jordan se transformer au fil des mois. Lui, qui caricaturait les soldats et les officiers, se prit peu à peu au jeu et devint un fervent adepte des jeux guerriers, un spécialiste en stratégie.

Lorsqu'il était épuisé, il se sacrifiait pour soulager la souffrance d'un plus faible que lui. Lorsqu'il fallait se lancer dans une opération dangereuse, il se portait volontaire.

Il me déclara avec le plus grand sérieux qu'il fallait devenir fort, ne pas être une fillette, mourir debout s'il le fallait.

Je le raccompagnais à la gare les dimanches. Il s'engouffrait dans un train bondé et se perdait dans la masse gris vert.

Et voilà qu'un soir il ne s'est pas retourné pour me sourire. Il portait son barda sur le dos, et aussi, sur l'épaule, celui de l'un de ses camarades plus chétif, et il marchait comme on le lui avait prescrit.

Plus jamais il ne m'a souri.

Je n'attendais pas son retour, il m'écrivait quelques fois des cartes postales, son écriture était chaotique. « L'armée, ça rend fou. Je suis devenu cinglé. Signé Jordan. »

Lui, le soldat, était désarmé face au désespoir qui s'était emparé de lui. Il se laissait entraîner sans résistance, sacrifiant tout ce qui lui était cher, ses amis, ses livres, la musique, pour une image de héros engagé dans une guerre fictive, sans enjeu, sans ennemi, sans défaite ni victoire.

Je l'avais revu une dernière fois. Il avait dévoré son repas dans la cuisine, entourant son assiette de son bras gauche, comme s'il craignait qu'on la lui volât, puis il avait dit : « J'aimerais que tu danses nue devant moi. » Et j'avais ri.

Nous étions juste amis, non ? Quelle étrange demande. Il m'a semblé qu'elle venait d'un être collectif, d'un groupe d'hommes attablés dans une arrière-salle de bistrot. J'ai vu la serveuse toute rouge, affairée, fatiguée par les rires épaissis par la vinasse et la bière. Le monde éclatait dans le brouhaha d'une musique « hard » sortant du juke box. J'ai eu l'impression que Jordan avait cessé de penser. Il s'était adapté. En s'adaptant, il était mort à ce qu'il était avant.

Lorsqu'il eut terminé son service militaire, il enchaîna pour devenir officier. Des amis m'avaient dit qu'il faisait beaucoup de sport, qu'il skiait tous les week-ends et étudiait le reste du temps. Il ne parlait à personne. Ou s'il parlait, ce n'était que de l'armée.

Et une fin d'après-midi de février, il avait fait une dernière descente dans la poudreuse ; il avait choisi la piste noire, la plus périlleuse et était tombé dans un précipice. On n'avait retrouvé son corps que le lendemain matin à l'aube.

Le voilà qui ressurgit dans ma mémoire. Jordan. Je l'avais laissé là-bas, loin dans le temps. Je me rends compte qu'il ne m'avait jamais quittée, nous ne nous étions jamais dit adieu. Il restait dans mon souvenir comme quelqu'un que j'aurais pu aimer et qui avait si peur de l'amour qu'il avait préféré la guerre !

Le vent s'est calmé. Marc m'a demandé :
« Veux-tu boire un verre avant de rentrer ? »
La vieille ville, à cette heure, est peu fréquentée.
Nous allons dans l'unique café ouvert. Un vieux bistrot en bois ; les courants d'air refroidissent la salle étroite chaque fois qu'entre un client. « La porte ! » crie quelqu'un. Le client fautif revient sur ses pas et obéit. Un nouveau fait les mêmes gestes après le même cri d'exaspération.
Marc m'indique une petite table dans un angle, et nous nous asseyons presque à l'abri des cris et des courants d'air.
Un demi de vin rouge du pays délie nos langues. Penché vers moi, Marc me dit que la

jeunesse est perdue à jamais. « Peut-être pas. C'est une question de cœur et d'âme. »

J'ai envie qu'il me parle de Jordan.

« Qu'est-il devenu après l'armée ? Comment est-il mort ? »

« Lorsque l'on m'a annoncé sa mort, je me souviens, c'était par une belle soirée de février. Il était parti skier le jour précédent. A la fermeture des pistes, il avait disparu. Il n'est sans doute pas mort sur le coup. Il s'est éteint tout seul dans la nuit blanche. On a retrouvé son corps en bas des rochers. Mes parents disent que c'était un accident. Mais je crois que Jordan s'est tué, plus ou moins volontairement. L'armée avait fait de lui un pantin détraqué, plus rien n'avait de sens dans sa vie. »

Marc contemple le fond de son verre. Il n'y a plus que quelques gouttes. Je demande à Marc de me décrire exactement l'endroit où l'on avait retrouvé le corps.

C'est le moment le plus pénible. Je ne devrais pas insister. Pourtant je ne peux m'en empêcher. Je pose ma main sur son bras et le serre. Marc vide son verre.

Quand nous sortons, la nuit est gorgée d'eau. « Il pleut. » Nous disons cela au même instant et nous rions. Marc prend mon visage pour le sécher entre ses paumes chaudes. Le contact des mains d'un homme est extraordinairement apaisant.

Le passage du vent laisse dans la rue une présence légère et nous courons jusqu'aux pieds des remparts.

Marc me raccompagne à la maison sans me demander s'il peut entrer.

Le lendemain, le ciel est d'un bleu d'octobre. Les montagnes depuis ma fenêtre ont encore la pâleur de l'été. Je prépare mes chaussures de randonnée, et me mets en route.

Je roule en direction de la vallée où Jordan est mort. J'ai suivi les indications de Marc jusqu'aux chalets noirs d'où étaient partis les secours.

En cette saison, l'herbe est jaune, les buissons de myrtilles sont rouge feu et donnent au paysage une allure de fête avant l'hiver. Puis on arrive dans un pierrier, dans un monde sans loi, un monde d'avant le temps. Pierres brutes en blocs innombrables, fatiguées par le gel, le dégel, le vent, la pluie. Arrêtes coupantes inhospitalières, pierres fendues en tranches fines, pierres vieilles comme des vagues immobiles. Leur masse est comme un grand corps strié, griffé sur lequel seraient écrites des lettres à déchiffrer.

Je passe un col et descends le long du sentier qui mène au cœur d'une falaise. Une descente au plus profond de la montagne dans un gigantesque puits où un torrent a fait son lit. Je traverse la passerelle et je me retrouve dans une clairière d'herbe rase entourée de quelques bouquets de mélèzes. Le long du sentier, le soleil fait briller la peau moirée des pierres.

Les racines des arbres et les grosses veines de la terre entourent le cœur de celui que je cherche.

Sur la terre humide, je vois des traces. Mes pas suivent ceux qui me précédaient, ils mènent à une cascade. L'eau vive éclate de toute sa puissance.

J'enlève mes chaussures, mes vêtements et cours pieds nus. L'eau est fraîche et me donne envie de danser. Je foule l'herbe inondée, les yeux fermés. Le vent n'est pas froid, le soleil devient noir sous mes paupières. Puis je me rhabille lentement, les jambes d'abord, puis le buste, les bras, tous les morceaux de mon corps. Je mange un sandwich accompagné de thé et continue mon chemin.

Il n'est pas rare de trouver en montagne une niche en pierre avec une petite Madone à l'enfant. C'est une joie de la rencontrer dans ce coin perdu où personne n'a passé depuis longtemps. Les fleurs fanées qui s'y trouvaient sont en miette. Je les remplace par de la sauge et de l'arnica.

Il me semble que l'endroit que je n'ai jamais vu est le lieu de la chute de Jordan : un bouquet d'églantiers et de chèvrefeuille forme une voûte au-dessus d'un lit de verdure.

Vêtu comme un soldat d'un autre siècle, le dormeur est là, intact, souriant. Le temps d'un piaillement d'oiseau.

LE LAPIN ET L'ÉPERVIER

Les yeux ouverts dans le noir, je guette un petit bruit ; c'est une infime vibration comme un chuchotement qui m'a réveillée. Le silence maintenant. Je devrais me rendormir, mais je suis dans un lit qui n'est pas mon lit habituel, la nuque raidie, et surtout cette douleur entre les omoplates.

J'ai également l'impression que le corps que j'habite n'est pas le mien. J'ai perdu la trace du rêve auquel ce bruit m'a arrachée. C'était un rêve horrible ; je voudrais pourtant m'en souvenir, le poursuivre, récupérer ce morceau de vie qui s'efface, prolonger les images, les métamorphoser pour trouver la sortie du labyrinthe.

Au lieu de cela, je suis dans une chambre inconnue. C'est l'odeur qui me l'apprend, une odeur de corps humain, celle d'un mâle, des relents de tabac froid et de vin, et un parfum poudré, vieilli, tous ces miasmes m'écœurent. Je cache mon visage sous la couverture, mais c'est pire : une odeur de sang et de mort.

Des grains de sable entre le drap et le matelas me grattent le dos. Je me retourne et me retourne encore dans cette couche d'où je voudrais m'extraire.

M'assoupir jusqu'au lever du jour, impossible !

Un rai de lumière filtre sous la porte. Il y a une étagère où s'entassent des jouets pour les petites filles : des poissons en cristal, des coquillages dans une coupelle de verre, des ustensiles pour la dînette, un service à thé, une épicerie miniature, des chaussons de danse suspendus par paires comme des castagnettes. A côté du lit, une montagne blanche de vêtements d'où se dégage de la poussière et de la sueur fade. Un piolet et des cordes pour l'escalade. De quelle expédition s'agit-il ? Je suis aux aguets. Des voix, dans ce qui doit être un couloir, me parviennent sans que je puisse comprendre des paroles.

Que suis-je venue faire dans ce monde sans lumière, égarée dans ce recoin de l'univers, sans savoir qui m'a portée endormie dans cette chambre effroyable ? J'ignore où je suis et je ne vois pas le moyen d'en sortir.

Soudain la porte s'ouvre. Je voulais de la lumière, la voici ! Crue, blafarde. Sa brutalité soudaine m'expose aux regards d'un homme et d'une femme, aussi surpris que moi. Ils se détachent dans l'embrasure de la porte. Et la lumière verdâtre fait apparaître un dais de grosses fleurs roses, peintes sur le papier mural. Je vois par en dessous le visage d'une grande blonde maigrelette en robe de mariée noire avec des lacets sur les côtés, elle est perchée sur ses bottines pointues. Son chignon défait penche de côté, sa frange fait ressortir ses yeux noyés de mascara. Des yeux revolver, métalliques, comme ceux des vamps dans les bandes dessinées. A côté d'elle, un homme, vêtu d'une ample chemise jaune, porte des lunettes à soleil en bandeau sur son crâne dégarni, parfaitement lisse. Il m'adresse un sourire entendu qui établit entre nous une complicité louche (il me semble l'avoir déjà rencontré quelque part). Tous deux me regardent, moi l'inconnue couchée dans leur lit – je comprends à l'instant que je suis chez eux et que je n'ai rien à y faire. Je rejette les couvertures et m'assieds. Je m'aperçois que je suis vêtue d'une robe bordeaux et que je porte des chaussures de même couleur, la couleur du sang caillé. En prenant appui sur le matelas, ma main effleure quelque chose de lisse, froid et visqueux : c'est la dépouille d'un lapin écorché, on ne voit plus que son joli museau gris, ses longues oreilles blanches et ses petites pattes flasques, le reste est un amas de chair rose, le sang a fait une immense tache sur le drap.

C'est mon lapin, c'est le petit animal favori que j'avais enfant. Qui l'a tué ?

Dans le rêve, le lapin, c'est moi. L'épervier plane au-dessus de mon terrier, je suis tétanisée, je ne peux plus bondir pour me cacher, et l'épervier va me briser l'échine.

Je dois fuir au plus vite.

Je bondis hors du lit – du lit de mort ou du lit de la naissance – et cours vers la porte.

Le couple m'accompagne jusqu'à la sortie et l'homme me tend un parapluie noir. « Prenez, il pleut à verse ! »

Je descends un escalier sombre en me tenant à la rampe. Je manque la dernière marche et me rattrape de justesse. Je pousse la porte de l'immeuble et me retourne pour l'observer, y repérer un numéro, un détail qui me rappellerait quelque chose. Suis-je devenue folle ? Je ne me souviens pas d'y avoir pénétré. Je ne me souviens de rien. Il fait froid. Des gouttes de pluie se déversent comme des millions d'aiguilles. Je repasse dans ma tête le rêve du meurtre du lapin. Je marche dans la rue déserte, bordée de gros réverbères qui m'indiquent un parcours sans fin au cœur de la nuit. Des voitures sont parquées comme des rocs immobiles. Elles brillent sous la pluie et forment une longue chaîne métallique qui ondoie aussi loin que porte mon regard. Chaque voiture forme l'un des anneaux d'un dragon endormi. Un souffle de vent murmure à mon oreille de revenir en arrière, de retourner dans l'immeuble que je viens de quitter. *Remonte l'escalier, frappe à la porte et demande au couple de t'héberger jusqu'au matin.*

Je rebrousse chemin, mais la pluie a effacé toute trace. Tous les immeubles se ressemblent. Il n'y a ni numéro, ni nom de rue. Je marche dans le noir, quelques minutes ou quelques heures. Je voudrais bien avoir une montre.

Le jour se lèvera-t-il bientôt ? Quand il fera jour, il y aura quelqu'un, les voitures se remettront en route, les passants passeront, les cafés ouvriront. Marcher. Marcher vers l'aube, même si rien ne tressaille encore.

J'arrive sur une place publique où sont massés des centaines de gens, une marée humaine qui afflue pour une manifestation. Ils crient des slogans dont je ne saisis pas le sens. Je plonge dans la foule à contre-courant, une foule qui ignore mon passage. Je me retourne lorsqu'un peu d'espace me le permet et je regarde ce qu'ils regardent.

Il y a une estrade violemment éclairée. Je joue des coudes pour mieux voir ce qu'il y a sur la scène. Est-ce une réunion politique ? Un spectacle de théâtre ? Il y a une immense poupée de cire, une statue, assise sur une chaise. Je gravis quelques marches et me trouve face à ce personnage, je l'examine, il me ressemble.

Oui c'est bien moi, ou mon sosie dont le corps est en cire. Il est tout naturel que je l'emporte. La marionnette n'a pas de poids, pourtant elle est aussi grande que moi. Je traverse la foule. Personne n'a protesté, personne n'a paru surpris par mon acte. La foule mugissante me laisse passer avec ma poupée.

J'avance, je sais enfin où aller.

A la gare par exemple. Il y a bien une gare. Rien de plus simple que d'entrer par la porte principale. Il y a même un guichet avec un employé. Je n'ai même pas besoin de lui poser de question : il m'indique qu'un train arrive au quai numéro un. Je traverse le hall de la gare parcouru en tous sens par des voyageurs pressés et encombré par des gens chargés de valises, épuisés par l'attente ; j'arrive sur le quai et monte dans un wagon. Je m'installe dans un compartiment, seule avec la poupée de cire qui me tient compagnie. Le train se met en marche. Comme il fait encore nuit, il n'y a rien à voir dehors que des trouées de lumières intermittentes. Je suis la seule passagère. La statue semble légèrement transpirer, respirer, ses paupières s'animent, il me semble qu'elle ne va pas tarder à ouvrir les yeux.

Une voix angélique prononce des paroles dans le haut-parleur : « Te voilà embarquée pour une destination inconnue, tu dois apprendre à nager, à marcher, à parler, à aimer. Tu dois tout apprendre. »

J'ouvre la fenêtre du train, le vent de l'horizon me souffle au visage. La lune éclaire un paysage de bruyère. Des lapins sauvages dansent avec des mouvements imprévisibles, bondissent, puis disparaissent dans l'obscurité d'un buisson.

Le train s'arrête. Je n'ai plus qu'à descendre. Un chemin de terre, une odeur d'herbe humide. Je suis au bord d'une rivière. L'eau courante scintille sur les pierres, je respire la lumière du matin et contemple un oiseau aux ailes déployées qui se laisse porter par les courants ascendants.

DANS UN WAGON DORÉ

Elle pressa sur la touche qui mettait fin à la communication avec ce monsieur... Elle resta quelques secondes les yeux fixés sur le téléphone, interloquée ; cela s'était passé si vite ! L'homme avait posé quelques questions sur la maison et dit qu'il rappellerait, et ce fut tout. Elle n'était pas sûre d'avoir bien compris son nom. Elle voulait l'écrire en toutes lettres pour en avoir le cœur net ; elle composa le numéro de l'appelant, le répondeur proféra : « Votre correspondant est momentanément indisponible, veuillez laisser un message après le signal sonore... »

Elle se laissa tomber dans un fauteuil et regarda le ciel à travers la vitre ternie. Les traînées blanches qu'un avion avait laissées dans le bleu s'effilochaient, et nul n'aurait pu dire quelle direction il avait prise.

Au milieu d'une foule, une mendiante en haillons tirait ses enfants par la main. Ils avaient faim et froid, ils pleurnichaient : « On veut rentrer à la maison ! » « On n'a plus de maison, l'inondation a tout emporté. Tout. Plus de paillasse, plus d'habits, plus d'huile, plus de farine pour faire du pain. »

Ils couraient sans but dans la rue encadrée de maisons en bois, des charrettes où s'entassaient des fruits et des légumes s'enlisaient dans un bourbier, des sacs de grains se renversaient. Ils fuyaient, poursuivis par un méchant, un fou, un assassin qui brandissait un couteau.

Soudain un choc sur la nuque.

Elle tressaillit, ouvrit des yeux qu'elle ne se souvenait pas d'avoir fermés, effrayée de se retrouver seule dans la pièce encombrée. Le désordre était total. Jusqu'à ce jour, cela lui avait semblé normal, et maintenant, c'était un cataclysme, jamais elle n'aurait le courage de ranger les journaux qui recouvraient le tapis du salon. La vaisselle sale et les reliefs des repas attendaient dans la cuisine qu'un produit magique vienne faire le ménage comme dans les spots publicitaires, et partout les jouets des enfants restaient en rade : des petites voitures, un ballon, des pièces de mécano, des camions de pompiers depuis longtemps hors d'usage, un cheval à bascule, quelques pièces de puzzle.

Elle se mit à genoux et commença à aligner les petites voitures pour le départ d'une course imaginaire, chercha de quoi réparer le camion. Le tube de colle à la main, elle ne savait pas par quoi commencer.

Ses yeux s'égaraient sur une étagère où elle avait placé une sorte de petit autel décoré avec des bougies et sa photo préférée. Elle contempla l'image encadrée de sa famille : deux petits garçons assis sagement sur le canapé avec leur chien en peluche, son mari et elle-même, debout, avec un sourire satisfait. A l'arrière plan, le sapin avec les bougies allumées et des angelots en argent. C'était à Noël, autant dire il y a un siècle.

« Qu'est-ce que j'ai ce matin ? » se dit-elle. « J'ai cinquante ans, deux enfants, une maison. Plus d'argent pour vivre. Il faut déménager. » Elle avait fait insérer une annonce dans la rubrique : « Propriété à vendre. »

Derrière la fenêtre se profilait la silhouette noire d'un épouvantail dans un champ de maïs, le long manteau flottant autour des bras squelettiques, une tête pendante, une forme vide, insaisissable dans le sale matin froid gonflé de brume.

« Comment vais-je m'en sortir avec les enfants ? »

Elle s'était mariée un beau jour d'été. Dix

ans de bonheur, c'est ce qu'elle se répétait. Quel bonheur d'avoir épousé un homme riche, d'avoir eu deux enfants ! A son âge, c'était presque inespéré. Elle n'avait pas compris pourquoi la belle vie s'était arrêtée d'un seul coup. La crise avait tout emporté : les économies, l'héritage et finalement son mari mort d'une leucémie en quelques jours.

Et sa mère mourut quelques mois plus tard.

L'infirmière qui s'occupait d'elle lui avait téléphoné un matin à six heures :

– Votre maman est morte.

– Je le savais. J'en ai eu le pressentiment hier soir.

– Elle est morte à minuit, paisiblement, dans son sommeil.

– J'aurais dû être là. Pourquoi ne m'avez-vous pas appelée avant ?

– J'ai téléphoné. Personne n'a répondu.

C'était vrai. Elle était allée à l'opéra pendant que les enfants étaient chez une voisine. Le téléphone avait sonné dans le vide et elle n'avait pas pu dire adieu à sa mère. Elle n'avait jamais pu lui parler et sa mère non plus ne lui avait jamais parlé. Chacun de ses mots la blessait : « tu ne sais pas tenir ton ménage, c'est d'une saleté ! Et tes enfants courent comme des sauvages dans le jardin et me disent à peine bonjour. »

Elle faisait la sourde oreille, ignorant ces remontrances. Elle laissait passer l'orage. Mais elle avait pris la sale habitude de courber l'échine : il lui était venu au fil des ans une petite bosse dans le dos. Une petite bosse où mijotait une colère malsaine.

Et maintenant que sa mère avait disparu, il n'y aurait plus la moindre chance de réparer ce lien.

Il avait fallu organiser les funérailles. Le pasteur avait dit de sa mère qu'elle était une forte femme, avec un caractère bien trempé, une volonté de fer. Et son frère, raide et solennel dans son costume anthracite fut secoué par les sanglots. Elle ne pleura pas.

La défunte avait adoré son fils ; elle ne parlait que de lui, admirait tout ce qu'il faisait. Bien sûr, il avait fait un mauvais mariage, mais au moins sa femme était riche. « On ne peut pas tout avoir, le bonheur et l'argent. » disait-elle. « Toi aussi, Claire, je te l'avais bien dit, il te fallait un homme riche et surtout malin, mais pas celui-là, ce bon à rien. Il n'a fait que dilapider son héritage. Il te laissera sur la paille. »

Il fallait oublier ces prédictions pessimistes qui lui gâchaient la vie. Et pourtant... Elle était furieuse que sa mère ait eu raison : John était mort en ne lui laissant que des dettes.

Claire restait accroupie sans trouver la force de faire quoi que ce soit. Vendre la maison, c'est tout ce qu'elle avait trouvé pour se tirer d'affaire. Si elle avait su, si elle avait voulu, il aurait pu en être autrement. Où était l'erreur ? Quel était le programme ? N'aurait-elle pas droit à une seconde chance ?

Il fallait faire quelque chose, les jumeaux allaient rentrer de l'école.

Elle mit de l'eau à chauffer pour cuire les pâtes. Elle ne leur avait pas encore dit qu'ils allaient déménager. Elle imaginait la scène et toutes les questions qu'ils poseraient : « On aura un jardin avec des arbres pour jouer ? On ira dans une autre école ? Et les copains, il faudra les quitter ? Alors non, si c'est comme ça, on ne partira pas ! »

Comment leur dire qu'elle n'avait presque plus d'argent ? L'argent, ils ne savaient pas encore ce que cela signifiait. Et elle, le savait-elle ?

Elle avait vécu avec celui des autres, celui de sa famille, de son mari. Gagner sa vie, drôle d'expression ! Elle vivait, c'est tout, il n'y avait rien de spécial à désirer. Dans ce pays, les femmes de sa génération sont avant tout des mères. Il est mal vu qu'elles travaillent, à moins d'y être obligées. Et maintenant quoi ?

Les enfants rentrèrent de l'école, fatigués. Ils jetèrent leur cartable dans le hall.

« Allez-vous laver les mains ! Venez manger ! Je sers les pâtes. »

Elle les regarda picorer les spaghettis en faisant du bruit avec la fourchette. Le plus grand renversa son verre d'eau, elle épongea sans le gronder, l'autre demanda pourquoi il n'y avait plus de jambon dans le frigo. Elle se sentait au bord des larmes, tout manquait. Pauvres innocents, elle n'eut pas le courage de leur dire ce qui les attendait.

Après le repas, elle les laissa regarder des dessins animés à la télévision et commença à ranger frénétiquement la cuisine pour en finir au plus vite. Alors les objets se révoltèrent en faisant beaucoup de bruit : les casseroles refusèrent de s'empiler dans le buffet, le presse-citron lui échappa des mains et des centaines de petits morceaux de verre recouvrirent le sol. La colère longtemps retenue voulait être entendue, la colère contre sa mère qui lui répétait : « Tu n'es bonne à rien, tu fais toujours tout de travers. »

Alors elle commença à balayer le sol, à nettoyer toutes ces saletés de paroles.

Elle remit à plus tard les grandes décisions et fit les devoirs avec les enfants.

Quand ce fut terminé, elle les envoya jouer dehors.

Elle avait demandé conseil à Paul, un ami

de John, agent immobilier. Il avait tout arrangé avec un acquéreur, l'homme qui lui avait parlé au téléphone.

Le mardi suivant, il visita la maison. Quelques jours plus tard, l'affaire fut conclue, il n'y avait plus qu'à signer.

Le jour où il fallut trancher avec l'épée le fil qui la retenait au passé, sa voiture tomba en panne comme si elle refusait ce départ.

Alors Claire prit le train régional qui s'arrêtait à toutes les gares.

Elle regarda à peine le nouveau propriétaire. Un étranger qui prendrait sa place et qui effacerait sa vie. Lorsqu'elle eu signé l'acte de vente, Claire quitta le bureau de Paul dans un état second.

Dans la cage d'ascenseur, elle sentit la souffrance enfler dans sa gorge comme un ballon prêt à exploser. Elle chercha ses lunettes noires et son mouchoir dans son sac.

En sortant de l'immeuble, elle héla un taxi.

Le chauffeur ouvrit la portière, elle se laissa tomber sur le siège.

« Où allez-vous, Madame ? »

« N'importe où, ailleurs, où vous voudrez ! » Elle étouffa un sanglot.

Le chauffeur attendit qu'elle reprenne ses esprits.

« A la gare, s'il vous plaît. Excusez-moi ! »

« Oh moi, vous savez, dans mon métier, je vois de tout comme clients ! Les femmes qui pleurent dans le taxi pour un chagrin d'amour – vous n'êtes pas la première à qui cela arrive ! Ne vous en faites pas, ça ne vaut pas la peine de vous abîmer les yeux pour le type qui vous a fait de la peine. »

Il la déposa au parking. Elle se retrouva dans le train du retour et ne tarda pas à s'assoupir. Le carrousel des rêves se mit à tournoyer : elle gravissait une montagne à l'aide d'une échelle. Elle arrivait au sommet, sa tête touchait le plafond du ciel, elle ne pouvait pas aller plus haut. Alouette, elle volait sur place, elle voulait redescendre, mais l'abîme s'ouvrait devant elle.

Au sommet de la montagne, il y avait un homme en costume d'aviateur, comme ceux d'autrefois, avec une chapka de cuir, il lui donna un papier avec des mots tracés à l'encre noire en caractères chinois et sauta en parachute en lui faisant signe de le suivre. Elle se retrouva à terre en moins d'une seconde. Le vent comme une flûte aigrelette survolait le rythme lancinant du train.

Le contrôleur lui toucha l'épaule, elle sursauta, lui tendit son billet.

Elle ouvrit son sac, chercha le miroir de poche, se recoiffa, se poudra le nez et appliqua son rouge à lèvres. Lorsqu'elle eut fini de se refaire un visage, elle croisa le regard d'un autre voyageur qui lui sourit. Elle se sentit réconfortée.

La nuit tombait. Son visage se reflétait dans la vitre et tout à coup, elle se revit enfant.

Il faisait encore nuit tôt le matin ; elle avait dix ans et portait son sac d'école, elle courait prendre le train pour se rendre au collège. C'était décembre, elle dévalait le sentier caillouteux. Elle arriva sous le pont, grimpa les escaliers, puis atteignit enfin un replat à côté de la voie, mais elle était essoufflée, son sac était trop lourd pour son âge ; il brinqueballait avec ses livres, ses cahiers d'écolière et son goûter.

C'est là qu'un homme s'était précipité pour sauver son chien qui courait sur les rails, sans se soucier du danger. Un sifflement de détresse. Trop tard pour le vieil homme : le train l'avait coupé en deux, le corps d'un côté de la voie, la tête de l'autre, le corps traîné sur plusieurs mètres et la tête toute seule, toute rouge sur les pierres qui sentaient le fer. Le chien avait survécu. Mais qu'est-ce qu'une vie de chien sans maître ?

Son père lui avait raconté cela, pour lui faire peur, pour qu'elle ne traverse jamais les voies de chemin de fer. Elle pensa au malheureux mécanicien, hanté par le visage de l'homme surpris par l'arrivée de la locomotive.

Elle courait, elle entendait au loin le bruit des roues du train qui faisaient vibrer la terre, il se rapprochait, il fallait à tout prix qu'elle coure plus vite que lui, elle courait de toutes ses forces, le train la dépassa, puis s'arrêta à la petite gare. Elle courait encore avec un dernier espoir, les gens montaient dans les wagons, elle franchissait la dernière marche de l'escalier, elle allait saisir la poignée, mais une main invisible la poussa dans le dos avec violence, elle tomba, les portières se refermèrent, le train partit sans elle.

Vite, vite, vite, ne cessait-on de lui répéter. Et elle était toujours en retard.

Prendre le train, quoi de plus banal ! Elle était une femme maintenant, mais c'était toujours un peu inquiétant ce monstre métallique en mouvement avec ses roues qui crachaient du feu.

Elle regarda furtivement son voisin, il lui sourit encore une fois. Il ne demanda pas où elle allait ni d'où elle venait.

Elle tentait de fixer son attention sur les champs de blé moissonnés qui paraissaient blanchâtres dans la nuit tombante. Elle vit passer un renard : ses yeux brillèrent une seconde pour elle seule.

Elle retrouva sa curiosité de petite fille sauvage qui parlait aux oiseaux, aux chenilles et saluait sa bonne étoile avant de s'endormir. Elle avait en elle ce langage secret, il suffisait d'écouter.

Elle se revit par terre après la chute, les cailloux du chemin avaient fait des petits trous dans ses paumes et sur ses genoux. Son cartable était lourd, elle n'avait pas envie de se relever. Elle resta appuyée contre le talus dans un lit d'herbes, de renoncules et d'esparcettes. Un escargot montrait le bout de ses cornes et semblait la regarder avec curiosité ou peut-être même avec compassion. Il lui ressemblait : il avait sa coquille et elle son cartable. « Toi alors, tu as la belle vie ! » Ils avaient parlé tous les deux en même temps ! Une lueur comme un sourire entre deux nuages la fit se relever. Elle brossa la poussière de sa jupe – à cette époque, les écolières n'avaient pas le droit de porter des pantalons !

Elle se souvint de la première fois où elle comprit ce que disaient les escargots et autres bestioles alors qu'elle était toute petite.

Personne ne l'avait vue partir, ses parents avaient des invités et sa mère était trop occupée à les servir. Elle était âgée de quelques mois, ne savait pas encore se tenir sur ses deux jambes, elle rampait sur les genoux et les mains, l'herbe était haute dans le jardin. Elle faisait sa trace au milieu des graminées, des marguerites et des bouquets de trèfles. Ses mains étaient couvertes de terre, elles sentaient une bonne odeur chaude et humide. Puis elle s'arrêta au milieu de la prairie. Le monde était vaste, elle ne voyait que du vert, le monde était herbe partout. Elle se sentit perdue et il n'y avait personne pour venir la chercher. Un escargot la regarda avec ses cornes, il les agitait en signe de salut. Elle l'attrapa, le garda dans la main et voulut même le goûter, mais il se remit dans sa coquille. Comme rien ne se passait, il sortit à nouveau ses cornes et la petite fille rit aux éclats, son rire faisait vibrer tout son corps et l'herbe autour d'elle. Une harpe à mille cordes. Jubilation.

Elle se vit si grande au regard des escargots, les pauvres, eux qui n'ont ni jambes ni racines !

Dans son enfance, oui, il y avait un jardin et on pouvait grimper aux arbres ; on foulait les hautes herbes en jouant comme des Peaux-Rouges sur le chemin de la guerre.

Elle se dit qu'elle était devenue sage, avec ses cheveux teints, son visage poudré, habillée à la dernière mode. Une dame bien convenable, quelle drôle d'idée, elle qui rêvait de courir sauvage et nue sous la pluie avec un amant.

A travers la vitre, se déroulait le film de sa vie, avec ses arrêts sur images.

Elle revit ce moment de la rencontre avec John.

Elle accompagnait au piano une amie qui vocalisait pour son plaisir d'une voix rêche et tendue. Elle avait peur qu'elle ne craque avant la fin du récital, mais tout se passa plutôt bien, on arriva avec soulagement à la note finale. Le temps fut suspendu encore un instant, puis la vie ordinaire reprit son cours après les applaudissements, les révérences, les embrassades. On les invita à manger au Café des Trois Couronnes. La cantatrice lui présenta son cousin mélomane. Le cousin était assis à côté d'elle. Que s'étaient-ils dit ? Beaucoup de choses charmantes sur Mozart, la musique de chambre et le violoncelle.

Ils se revirent souvent, allèrent à l'opéra ensemble, elle y prit goût. Un jour, il lui dit brusquement : « Prends ton piano et viens vivre avec moi. » Elle aurait voulu qu'il lui fasse un peu la cour, mais elle accepta. Elle ne trouverait pas mieux, se disait-elle.

Elle croyait au destin depuis le beau jour de printemps où elle avait failli perdre la vie.

Elle avait dix-huit ans. Un ami conduisait. Trop vite. Ils sortirent de la route dans un virage. Ils roulèrent dans un pré. Elle revoyait souvent le film au ralenti : la voiture tourna trois fois sur elle-même et se retrouva les quatre roues en l'air comme un cheval sur un champ de bataille, l'échine brisée. Quand elle ouvrit les yeux après le choc, elle vit que le pare-brise était cassé. Tous ses morceaux brillaient au soleil comme un tapis de lumière. Il y avait un épouvantail au milieu du champ, la tête un peu de travers, il semblait contempler le désastre d'un air indifférent. Pas la moindre égratignure, elle était indemne, le conducteur aussi. La voiture n'était plus qu'un tas de ferraille. Les parents, les amis, tous avaient dit : « C'est un miracle ! » Depuis, elle se sentait comme une survivante. Tout autour d'elle était nimbé d'une sorte de brume inconsistante.

Qu'avait-elle fait de ce cadeau de la vie ? La voiture était sortie de la route. Il y avait une autre route possible. Pourquoi avait-t-elle pris celle-là plutôt qu'une autre ?

John avait hérité de cette belle maison à la campagne. Ils se marièrent. Il y eut une fête, du champagne, des cadeaux, mais cela passa si vite.

A la naissance des garçons, elle abandonna

le piano. Des jours entiers à jouer avec eux, à les nourrir, à les changer, à les baigner, à les coucher, à leur raconter des histoires, à les veiller la nuit quand ils étaient malades ou faisaient des cauchemars, à faire des bonshommes de neige et jouer au toboggan.

La seule chose qui lui permettait de ne pas mourir de froid, lorsqu'elle avait dix ans, c'était de jouer du piano. Mais ses fils n'en avaient pas envie. Ils avaient pourtant pris des leçons. Rien à faire, ils détestaient la musique. Ils préféraient jouer dehors par tous les temps. Elle les comprenait. Elle les laissait faire ce qu'ils voulaient. Mais elle-même n'avait jamais su vraiment ce qu'elle voulait, elle avait laissé les autres décider pour elle.

Il lui semblait qu'elle avait gaspillé toutes ces années. Il était temps de s'accorder avec le temps, de déchirer le voile.

Le train s'arrêta dans une petite gare de campagne. L'homme qui lui avait souri se leva, la salua d'un signe de tête et descendit. Elle le suivit du regard dans la nuit, il traversa au passage à niveau, puis se retourna. Dans ses yeux, Anna vit la même étincelle que dans ceux du renard à l'affût dans le champ et l'homme disparut.

Ce fut comme un signal, Claire eut l'impression de se réveiller d'un long sommeil, de passer dans une autre dimension.

Lorsqu'elle arriva dans cette maison qui bientôt ne serait plus la sienne, elle se sentit tout à coup impatiente de déménager.

Elle l'annonça aux enfants le lendemain.

– Vous verrez, c'est un nouveau départ !

– Où irons-nous?

– Où voulez-vous aller ? On peut aller où l'on veut !

Elle déplia une grande carte de géographie, l'étala sur le tapis. Ils s'assirent autour du monde qu'ils avaient sous les yeux.

– Attention, les enfants, cette carte est comme un tapis volant. Je vais fermer les yeux et vous aussi. On va penser très fort au pays qui nous attend. Vous êtes prêts ?

Alors elle mit son doigt sur un point de la carte.

– Comment s'appelle ce pays ?

– La Gaspésie.

Elle se pencha davantage pour lire les lettres écrites en tout petit sur le bord de la mer :

– Il y a une ville qui s'appelle Bonaventure ! Un grand chemin de fer nous emmènera tout autour de la Terre dans un wagon doré.

FLEUR DE MAGNOLIA

« Voici la chambre. On l'a laissée telle quelle depuis la mort de la jeune fille. Admirez le baldaquin de bois sculpté. »

Je suivis le guide avec les touristes dans la salle suivante et me plaçai au premier rang, je ne gênais personne puisque j'étais transparent.

« Ce tableau représentent huit jeunes hommes, tous frères, élevés dans ce château. Et voici le portrait de la jeune fille en robe verte ; voyez-vous cette fissure qui sépare la toile en deux ? La faute aux hivers rudes, aux étés hostiles. Les habitants du bourg vous diront plutôt que c'est la marque du malheur qui a frappé cette famille. En effet, ces neuf personnages ont été massacrés lors d'une guerre civile. Le châtelain est resté seul, sa lignée s'est éteinte à sa mort. Depuis, le bâtiment est propriété communale. »

Le guide désigna des photos jaunies exposées dans une vitrine :

« Ce sont celles des villageois, au tournant du siècle. Des notables, des paysans, rien de bien intéressant. Veuillez me suivre, nous allons visiter la salle à manger où a eu lieu le massacre. »

J'ai préféré regarder les photos de tous ces gens que je ne connaissais pas : messieurs debout, cravatés, l'air important. Dames assises sur des canapés, sévères dans leurs lourdes robes grises. Enfants par terre, le regard terrifié ou absent. Deux chevaux de trait attelés à un char, des gamins au sourire malicieux perchés sur une montagne de foin. Là, une jeune fille aux joues rondes, de dix-huit ans environ, candide et gracieuse. Je me suis penché pour déchiffrer l'inscription sur le papier encadrant la photo : « Mathilde, 1892. » Et la voici plus tard avec son fiancé : ils regardent fixement l'objectif comme s'il s'agissait d'un fusil et qu'on allait tirer ; leurs épaules se touchent, mais pas leurs cœurs, ils sont mal assortis. On voit la belle au fil des ans, son visage devient de plus en plus dur. Et la voici grand-mère. Les lèvres mangées ; elle porte un bouquet de fleurs des champs, le grand-père, lui, semble penser aux responsabilités qui l'accablent ou à la guerre qui a eu lieu ou à celle qui aura lieu.

A gauche de la vitrine : les petits de Mathilde découvrant la mer.

Au centre, une photo de classe, un gosse parmi ses camarades, il me ressemble.

Je regarde par la fenêtre pour ne plus voir ce gosse, je regarde la plaine qui s'étend au pied du château, mais la photo s'interpose entre le paysage et moi. Le petit garçon aux yeux étonnés me demande des comptes – la bulle du souvenir implose dans ma tête. Moi qui disais de mon vivant : « Je déteste tous ces vieux ! » Et me voici plus que vieux ! Je suis une ombre vacillante entre un gosse de quatorze ans et un vieillard. Tous les âges de ma vie sont mêlés aux personnages de ce château. Qui sont-ils ? Des spectres. Et qui suis-je ? Un fantôme condamné à hanter un château de province !

Dans le salon désert, je regarde un miroir terni par des années d'humidité: j'y vois se superposer le reflet de ce châtelain qui a perdu tous ceux qui lui étaient chers, sa fille morte à l'aube de ses fiançailles, ce petit garçon sur la photo de classe, et des centaines d'autres visages, ceux de toutes les personnes que j'ai dû croiser dans ma vie et même dans d'autres vies. Rien n'est oublié. Chaque parole, chaque pensée, chaque geste est tissé dans une tapisserie aux motifs colorés…et je déroule le fil.

J'étais allé dénicher au fond d'une armoire

un album de photos caché sous les gros dictionnaires Larousse en cuir rouge, il y a soixante ans de cela.

« Maman, s'il te plaît, raconte-moi qui sont ces gens sur les photos. » Ma mère ouvrit l'album sur la table de la cuisine. Nous étions assis sur les chaises en bois. Je me penchai vers elle, ma tête effleurant sa belle chevelure noire. La plupart du temps, nos corps ne se touchaient que par inadvertance, ce qui emplissait ma mère de gêne, elle me repoussait comme un chiot importun : « Arrête, tu me décoiffes ! » Il y a des mères qui n'aiment pas leur enfant.

Ce jour-là, elle voulut bien me parler de la famille.

« Ce petit garnement, ce doit être ton père à treize ans, la photo n'est pas nette. Et puis, cette dame sévère, c'est ta grand-mère qui porte ton père dans ses bras.

Et sur celle-là, bien sûr, tu me reconnais, je tiens tes grands frères par la main, tu n'étais pas encore né. Et ici, c'est toi, la bouche ouverte, tu devais avoir un an ! Ce que tu pouvais brailler ! Tu aurais bien voulu sortir de ton parc en bois ! »

Ma mère me montra la dernière photo de l'album, celle que je voulais voir encore et toujours. Celle de mon père. Il tient son vélo par le guidon, il va partir, il part, il va jouer au casino. De pauvre crapaud qu'il était, il va devenir riche en quelques heures auprès d'une princesse de pacotille.

Il avait rencontré cette aventurière, enfin sa putain, comme disait ma mère, à l'hôtel où il était garçon d'étage. Une riche cliente l'avait fait monter dans sa chambre et l'avait pris comme amant. Et la belle vie avait commencé ! Ils jouaient au casino de Monaco, gagnaient ou perdaient des milliers de francs, buvaient du champagne, faisaient l'amour dans une villa entourée de mimosas et de bougainvillées.

Mon père abandonna sa femme et ses trois garçons restés en Suisse. Des années plus tard, sa maîtresse, ruinée, le quitta pour un nouveau riche. Il revint chez nous, il reprit son vélo. Ma mère l'insultait, le traitait de gigolo. Elle lui fit payer très cher son infidélité.

Alors qu'il pédalait un petit matin pour se rendre au travail, il fut renversé par une voiture. Le crâne amoché, il mourut à l'hôpital. Il ne nous laissa rien du tout.

Ma mère est alors retournée à la boulangerie de ses parents. Mes frères ont fait ce qu'ils ont voulu, en tout cas on n'a plus jamais entendu parler d'eux.

En rentrant de l'école, l'hiver, j'allais m'asseoir au magasin, je faisais mes devoirs ou je lisais en attendant que ma mère ait terminé son travail.

Peu après mes quatorze ans, je suis tombé amoureux d'une jeune fille brune aux longues tresses.

Alors que ma mère avait le dos tourné, occupée à ranger des petits pains sur une étagère, je volai des gâteaux et me sauvai dans la rue.

Ma mère sortit de la boutique, les yeux braqués comme des lance-flamme. Elle se jeta sur moi au moment où je partageai mon butin avec ma bonne amie. Elle me regarda avec haine et me gifla devant tout le monde : « ça t'apprendra à voler ! »

La jeune fille que j'aimais partit en courant et je n'eus plus jamais l'occasion de l'approcher.

Ce jour-là, j'ai haï ma mère.

La colère est restée fichée dans mon cœur au-delà de la mort. Son venin a pris la place du sang. Elle me consume sans relâche.

De mon vivant, bien des fois, j'ai pensé mettre fin à mes jours. J'ai projeté ma voiture contre un mur ; je me suis infligé d'innombrables mutilations en coupant du bois pour le chauffage. J'ai escaladé des sommets vertigineux au risque de me rompre le cou. Mes amis criaient au miracle chaque fois que j'en réchappais.

Partout, à droite, à gauche, un abîme. Je voulais m'y jeter. La vie interminable et morne ne voulait pas me lâcher. Le monde indéchiffrable restait fermé, incompréhensible, je ne pouvais pas le quitter et n'y trouvais pas ma place.

Enfin, à un âge avancé, j'ai un peu oublié que je voulais mourir. Au moment où ma vie prenait enfin un tour plus paisible, j'eus un accident.

Alors que je grimpai sur un escabeau pour changer une ampoule au plafond, je fus pris de vertige et tombai. J'entendis les cris affolés de ma femme et, un peu plus tard, les dernières paroles humaines, celles du médecin. Il constata mon décès. Tous les muscles de mon corps ont lâché prise. Je suis doucement entré dans une matière gazeuse et légère et je n'ai plus rien vu ni entendu ni senti.

Je sors un grand mouchoir blanc de la poche de mon pantalon – quand je dis pantalon, cela n'a guère de sens maintenant, mais c'est une vieille habitude de vivant dont le souvenir subsiste, enfin, je me mouche bruyamment, personne ne remarque rien, on ne croit plus aux fantômes aujourd'hui, mais cela fait tout de même du bien de verser les larmes que j'ai gardées plus d'un demi siècle au fond de ma poitrine. J'éprouve tout à coup de la tendresse pour ce vieillard que je suis devenu et pour ce petit garçon au milieu des autres... je... il entend la voix de sa mère, de son père, de sa fille, de sa femme. Et je...

Il ne peut plus y répondre.

Une toile d'araignée au coin de la fenêtre retient prisonnier un insecte qui agite désespérément ses ailes : il pourrait s'évader, mais son agitation même resserre autour de lui les fils de soie.

Les touristes et le guide sont partis, le musée a fermé ses portes. Les morts ne dorment jamais, ils rêvent aux vivants. La jeune fille en robe de soie verte... le châtelain... ma fille peut-être.

Je ne dors jamais. Je rêve éveillé ne sachant si ce sont mes propres fantasmes ou ceux des autres. Aujourd'hui, c'est un songe agité, bruyant, nauséabond : des klaxons assourdissants, une odeur de kérosène. Des hommes presque nus font leurs ablutions en pleine rue, des idiots psalmodient des litanies.

Qu'est-ce que c'est que ce pays de fous ? Ah oui, m'y voilà. Je suis en Inde avec ma fille. La voilà dans la foule, avec son sac à dos bleu, (ce que j'étais fâché qu'elle parte !) Elle n'a pas l'air de savoir où aller. Devant la gare, une forme brunâtre sanglote sur le trottoir, l'un des millions de paysans qui a fui son village avec l'espoir de trouver du travail à Calcutta. Personne ne se soucie de lui qui est devenu un mendiant. Un gros homme en jupe de coton blanc, un cordonnet autour du buste, une tache de peinture rouge entre les sourcils lui jette des pelures d'orange pour améliorer son karma – croit-il – par un geste de charité. La forme cesse de pleurer et de bouger, se recroqueville sur le côté droit et meurt doucement dans une flaque d'eau. Sa souffrance vient de prendre fin.

Les rues sont noires pendant la mousson. Les cabanes s'écroulent sous la pluie torrentielle qui fait danser et chanter des centaines d'enfants en haillons. Il y en a un qui sourit, les yeux immenses et beaux ; sa mère – quelle démarche élégante – porte sur la tête une bassine d'eau. Ses compagnes ont des paniers remplis de fruits ou d'ordures. Leurs bracelets d'or cliquettent à chaque pas. Elles avancent vers moi : des déesses, couvertes de pierres précieuses, avec leurs saris jaunes ou roses, comme des papillons géants survolant la boue. Mais elles ne me voient pas.

Voici une troupe de lépreux avec leur crécelle (je croyais qu'il n'en existait plus depuis le Moyen-Âge). Au même instant, de jeunes mendiants aux membres brisés se déplacent sur des planches à roulettes et poursuivent les riches en suppliant.

Le chef de la bande leur a cassé les os de manière à ce que leurs bras et leurs jambes forment des angles étranges : les estropiés rapportent un peu plus d'argent que les enfants normalement constitués.

Tout ce petit monde encercle ma fille. La voici prise de pitié, elle leur donne quelques roupies, et des dizaines d'autres mendiants l'entourent et la harcèlent à grand bruit : «Sahiba, sahiba ! » Ma fille leur fait voir qu'elle n'a plus de monnaie. Les mendiants s'envolent en clopinant.

Ah oui ! Je vois tout cela maintenant !

De mon vivant, ma fille nous écrivait, à sa mère et moi, qu'elle faisait un merveilleux voyage, qu'elle avait vu le Taj Mahal avec son ami Edouard. Tout allait bien, les Indiens étaient adorables, la nourriture très « hot » mais délicieuse, chaque jour était source d'étonnement et d'expériences inoubliables. Les couchers de soleil : de l'or fondu dans un sirop de grenadine !

Puis nous n'avions plus reçu de lettres. Je l'ai crue enlevée, droguée puis jetée dans un bordel, assassinée enfin. J'ai alerté la police internationale pour la retrouver. Rien. Des semaines sans nouvelles, sans espoir. Il a fallu qu'elle disparaisse pour qu'elle existe pour moi. A la maison, je la voyais sans la voir. Je la voulais docile, travailleuse, silencieuse.

– Quand tu seras majeure, tu feras ce que tu voudras, mais pour l'instant, c'est moi qui paie, donc c'est moi qui commande !

Toujours rebelle, elle fuyait dans sa chambre après avoir avalé son repas à la table familiale.

Quand elle rentrait de l'école, je lui posais la question rituelle :

– Alors, comment s'est passé ce test de mathématiques ?

– Une catastrophe. Je suis nulle, je n'y comprends rien.

– Viens dans mon bureau après dîner, je t'expliquerai.

Après une heure de martyre, comme elle disait, elle repartait avec ses cahiers pour tenter de résoudre son problème d'algèbre, mais rien n'entrait dans sa cervelle, elle était allergique aux chiffres ou à moi, son père. Pourtant elle a passé son bac. (J'aurais tout de même pu la féliciter).

Quand elle est partie, je ne lui ai pas souhaité bon voyage. J'étais en colère contre elle ; elle m'abandonnait, me reniait. Je la vois encore avec son sac à dos bleu, sa blouse rose et ses jeans. Je ne l'ai pas accompagnée à la gare. Sur le seuil de la maison, j'ai maugréé :

« Fais ce que tu voudras ! Cela m'est bien égal, je t'ai nourrie, élevée, tu es adulte maintenant ! » Je crois qu'elle ne m'a pas entendu, mais elle nous a tourné le dos.

Elle nous a envoyé des cartes postales avec des éléphants, des temples en forme de pâtisserie à la crème. Et puis plus rien.

Enfin, au bout de trois mois d'attente, nous avions reçu, sa mère et moi, une lettre dont le ton était bien différent des précédentes.

Je la connais par cœur, cette lettre.

« Chers parents,

Si vous n'avez pas eu de mes nouvelles depuis longtemps, c'est que j'ai été gravement malade. J'ai perdu quinze kilos. Edouard et moi nous nous sommes séparés à Pondichéry : il s'est retiré dans un ashram, il médite pour « élever et purifier son âme », comme il dit !

Grâce à mes hôtes indiens, j'essaye de comprendre ce pays, mais tout me bouleverse. Les Hindous sont indifférents devant la douleur d'autrui. Selon eux, si quelqu'un a mal agi dans une vie antérieure, son existence actuelle, chargée de malheurs, sert à racheter ses fautes passées. La prochaine incarnation, croient-ils, leur permettra de faire d'autres expériences et de s'élever dans la hiérarchie des êtres. J'ai essayé de faire comme eux, je veux dire de m'habituer au spectacle de la souffrance, mais je ne peux pas. Enfin, il ne faut pas juger !

Avant de tomber malade, j'avais honte d'être bien nourrie et en bonne santé. Mais les intestins tordus de douleur, dévorée par la fièvre, j'ai cessé de manger pendant une semaine.

J'étais seule et à l'agonie, et quelqu'un est venu à mon secours, je ne sais même pas qui c'était ; enfin cette personne m'a conduite à l'hôpital.

J'ai comme ami un autre patient, Allan ; je l'ai rencontré dans le couloir de l'hôpital où l'on nous avait laissés, car il n'y avait pas assez de place dans les chambres où s'entassaient les malades. Il m'a fait rire, m'a réconfortée alors qu'il venait d'être opéré du coeur. Nous sommes sortis le même jour, il m'a invitée dans sa petite maison pour ma convalescence. En échange, je donne des cours de français à ses enfants. C'est une famille chrétienne traitée comme des parias, une famille bourgeoise et aisée dont les ancêtres étaient des intouchables. Ces gens vivent dans la peur d'une agression. Leur maison a été saccagée plusieurs fois. Des hindouistes intégristes veulent qu'ils quittent le quartier et retournent dans leur bidonville d'origine.

Mes amis m'ont déconseillé de sortir non accompagnée : « Very dangerous ! » mais j'ai tout de même eu envie de visiter la ville par moi-même.

Un après-midi, par une chaleur humide qui donne l'impression d'étouffer sous une serpillière, une Indienne, m'a abordée sous prétexte de me proposer ses services comme guide. Elle m'a invitée à prendre le thé. Nous avons marché jusqu'à une rue faite de taudis où croupissaient des milliers de migrants, c'est là qu'elle vivait. Une minuscule chambre avec pour tout mobilier un lit et une armoire. Nous nous sommes assises sur le lit aux draps déchirés et souillés. Elle m'a servi du thé à la cardamome.

« Mon mari a pris une autre épouse, il m'a répudiée, chassée, je n'ai rien pour vivre. »

Je compris qu'elle se prostituait de temps à autre pour se nourrir.

Elle avait un ami, chasseur de rats, et proxénète aussi, à ce qu'il m'a semblé.

Comme j'avais besoin de faire pipi, elle m'a montré le trottoir. On fait ses besoins à même le sol dans ce quartier. Un attroupement s'est formé autour de la femme blanche en train d'uriner en relevant sa jupe à fleurs. Les rires moqueurs ont fusé.

Le proxénète est venu nous rendre une petite visite – un visage grossier, mal rasé, les yeux jaunes d'hépatite, injectés de sang. Il a commencé à me reluquer, a proposé je ne sais quoi à sa compagne, dans son jargon incompréhensible.

Je me suis levée sans attendre une seconde de plus, tremblante de peur ; j'ai emporté mon sac, franchi le rideau de bambou qui me séparait de la rue et suis partie en courant. La femme m'a suivie, elle était à bout de souffle, et s'est mise à me supplier de l'aider. Je ne saurai jamais si j'ai échappé à un guet-apens ou si elle était sincère. Je lui ai offert un repas et mes dernières roupies pour qu'elle me fiche la paix puis elle a disparu.

J'ai marché longtemps, je ne parvenais pas à retrouver la rue où habitaient mes amis. A la tombée de la nuit, des ombres inquiétantes me cernaient. Je crus que ma vie allait changer de signe : enlevée, droguée, battue, j'allais devenir comme l'une de ces putains dont les jours étaient comptés ou j'allais me dissoudre dans la pluie de la mousson. Ma vie ne tenait qu'à un fil.

Soudain un homme qui pédalait sur son rickshaw s'arrêta à ma hauteur : « Where you going ? » Je lui indiquai l'adresse. « It's a long, long way ! come with me ! » Epuisée, je m'assis sur le siège en simili cuir rouge déchiré et mouillé. L'homme se remit à pédaler avec acharnement ; sa carriole s'embourbait dans les ornières, il la redressait et se tournait vers moi avec un sourire qui se voulait rassurant. Il slalomait habilement entre les voitures qui manquaient de nous renverser.

Alors je me suis abandonnée, j'ai lâché prise, prête à vivre ou à mourir, comme cet homme qui ne cessait de rire et de chanter sous la pluie ! La vie peut basculer dans le vide, quelle importance ? Il n'y a aucune différence entre la vie et la mort pour eux. Pédaler avec courage, faire le bien autour de soi...

Et la vie suivante sera plus douce !

Par miracle, je me suis retrouvée à destination. J'ai demandé à mes amis de récompenser mon conducteur. Il prit l'argent qu'on lui donnait, joignit les mains devant sa poitrine en dodelinant de la tête : c'est lui qui me remerciait de lui avoir donné l'occasion de rendre un service !

Maintenant, je fais comme lui, je vis au jour le jour, j'apprends à aimer et à vivre.

Portez-vous bien.

Votre fille qui vous embrasse. »

Un baiser fantôme à toi, ma fille chérie ! Hélas, il ne m'est pas donné de te voir en chair et en os. Je me promène dans ce château de nuages, je pense à toi que je n'ai pas vue grandir, à ta lettre, à cette distance infranchissable entre nous.

Je pense aussi à ma mère obligée de retourner chez ses parents après le départ de son mari, je pense à mon père, devenu le jouet de la roulette, je pense à ma femme que je n'ai pas su aimer. A ce sentiment de solitude qui m'éloignait de vous tous ; et maintenant, je vois le monde à travers vos yeux. Le poison de ces années froides s'en va, le jus noir de la colère qui m'étouffait s'évapore. Toutes les émotions, tous mes gestes gelés par la peur fondent lentement comme une neige mêlée de boue. Il me reste à faire encore quelque chose dans mon existence de fantôme. J'entends un appel. Il vient de la porte de la chambre de la jeune fille à la robe verte.

« Vous qui m'écoutez, âme morte, apprenez quel fut mon dernier jour parmi les vivants. Regardez à travers la lorgnette de la mémoire et priez pour moi, si vous le pouvez.

Vingt garçons et filles dansaient sur l'herbe fraîchement coupée. L'averse avait lavé le ciel. Je me souviens des traînées de brume. J'aime la brume. Je courais pieds nus dans la prairie de mon enfance. La pluie avait chassé tout ce qui pique : guêpes, araignées et vipères. J'avais retrouvé la mémoire de mes premiers pas sur la terre.

D'un seul coup libérés, les corps bondissaient dans les airs. Les filles agitaient leur chevelure et les garçons en costumes rouges et gris les prenaient par la taille.

Des musiciens étaient en place. Au premier coup d'archet, la ronde se forma, le rythme prit peu à peu possession des danseurs dans un balancement lancinant. J'ai fait une pirouette, la terre et le ciel ont basculé. J'ai vu le monde à l'envers.

Les pieds fatigués, si souvent oubliés prenaient racine dans la terre.

Mon regard suivait la ligne des montagnes, en étendant les bras, tout cet espace était à moi. Rien ne me manquait. Mon corps reposait dans l'univers qui m'englobait paisiblement, j'y avais ma place comme la fourmi qui s'enivre de l'odeur de menthe poivrée.

De chutes en rebonds, les danseurs se déployaient en spirale comme un grand serpent coloré.

Chacun cria son nom et tous en chœur nous y fîmes écho.

De grands oiseaux blancs dessinaient le ciel de leurs ailes. Les hommes et les femmes imitèrent leur ballet et sortirent du labyrinthe.

Les fleurs de magnolia éclataient au ralenti. Un jeune homme a cueilli pour moi ce calice doux comme une peau.

Je l'aimais d'amour. Le savait-il ?

La nuit tomba doucement sur les dalles encore chaudes de la caresse du soleil.

Les chandelles se consumaient. Dans le noir, les lucioles scintillaient comme des constellations sur l'herbe.

Nos parents étaient absents. Les serviteurs s'affairaient pour préparer un somptueux repas dans la grande salle du château.

Les ennemis arrivèrent sans bruit. Et d'un seul coup, ils enfoncèrent les portes.

Mes frères et leurs compagnons dégaînèrent leurs épées, les filles s'enfuirent comme elles purent. Le combat dura toute la nuit.

Je me suis cachée dans un grand coffre. Au petit jour, j'ai soulevé le couvercle : les corps ensanglantés de mes frères et de mes amis avaient cessé de lutter, les soldats survivants étaient partis.

Alors comme une somnambule, je suis montée sur la tour.

De loin, les soldats m'ont vue sauter dans le vide. »

La voix mélancolique se tait. Aux premiers signes de l'aube, l'âme de la jeune fille, s'envole. J'ai été le témoin, le passeur. Moi, fantôme mal aimant, je sais que je suis là pour entendre les paroles que personne n'a entendues avant moi, puis enfin tout deviendra poussière d'étoiles.

J'ouvre les portes du château et j'abaisse le pont-levis.

Le monde est là, dans cette prairie vaste comme un océan, le monde est rouge, vert, jaune. Un papillon dort, posé sur la dernière neige. Il est sorti de sa chrysalide cette nuit de printemps.

Une lueur splendide enveloppe le paysage. Les voix de tous ceux que j'ai connus de près ou de loin se répondent, comme des vagues. Chacune est reliée à toutes les autres, je suis l'une d'elles. La ouate qui m'isolait des autres se dissout et autour de moi, il y a le bleu du ciel.

FIL DE SOIE

Aujourd'hui, le vent s'est levé. Les petits matins sont frais à l'arrière saison. Quelques promeneurs s'aventurent jusqu'ici, mais pas avant midi. Les touristes préfèrent la plage de sable, près du port. Les restaurants et les boutiques.

Ma maison se situe face à une étendue bosselée et n'est accessible en voiture que par une piste défoncée après les intempéries. C'est pourtant cet endroit que j'ai choisi, face à l'océan. J'ai toujours habité près de l'eau. Avant, ce fut la villa entourée d'un grand jardin. J'ai attendu que l'enfant soit grand, qu'il soit parti vers la capitale pour ses études, et je suis venue ici. J'ai fait un feu, je suis restée.

On ne sait pas si les maisons du voisinage sont habitées ou abandonnées. Ceux qui y vivent se cachent : des immigrés clandestins venus d'Afrique. Je les regarde passer, craintifs, tremblants de froid dans leurs survêtements. Après quelques jours, ils partent à la recherche de travail et sont remplacés par d'autres qui leur ressemblent : les mêmes yeux brillants, le corps amaigri par une terrible traversée sur des embarcations de fortune, pour ceux du moins qui ne se sont pas noyés en route. Nul ne sait combien.

Depuis la terrasse, je vois la mer à quelques dizaines de mètres. C'est une retraite parfaite. Tout ce que je voulais, c'était partir pour un temps, quitter les balises, les lignes blanches, me désencombrer. Avoir tout le temps.

Ma nouvelle vie couvait silencieusement depuis le départ de C. Pour ceux qui m'ont connue, la fêlure était imperceptible. Et un jour, j'ai laissé à mon mari, écrits au feutre rouge sur le miroir de la salle de bain, trois ou quatre mots d'adieu. Il y a longtemps qu'il ne me voyait plus. Je ne pense pas que mon message l'ait affligé. Il ne m'a jamais pardonné ma brève rencontre avec C. Mon départ lui a permis de refaire sa vie, comme on dit.

Et moi ? Oh moi, je lis, je rêve, je me promène.

Le plus souvent je contemple la mer et ses lames comme un jeu de cartes qui s'ouvre sur l'infini. Je suis moins seule maintenant en ma propre compagnie qu'avec les gens qui peuplaient mon ancienne vie. Les réceptions. Les ouvriers de l'usine que dirigeait mon mari. Mon enfant. Oui, même mon enfant. Tout petit déjà, il était très indépendant. Il a passé à travers moi, je doutais parfois que c'était moi qui l'avais fait !

Je ne sais pas si je suis bonne encore à quelque chose : regarder passer les bateaux à voile, les paquebots, les oiseaux et sentir les humeurs du vent. Mes occupations !

Les crêtes d'or et d'argent s'écroulent sur la rive. L'écume est chargée de bois mort et de bouteilles vides. Jour après jour, je nettoie la plage de ses détritus. Je vais au village faire mes achats, je fais frire une dorade ou des sardines, et puis j'écris. Le cahier noir bordé de rouge est fermé sur mes genoux. Rien ne demande plus à se traduire en mots. Tout est là.

Vers le soir, je vis s'approcher un homme. Il s'était frayé un passage à travers les herbes et les buissons jusqu'aux dunes.

Arrivé au sommet, il resta quelques instants fasciné par la mer, sans se douter de ma présence dans la maison. Je l'observais depuis la fenêtre, sa serviette de bain sous le bras. Il devait se dire que les rouleaux l'emporteraient s'il s'aventurait dans l'eau. Il parvenait à peine à se maintenir debout face au vent qui faisait claquer sa chemise bleue sur son torse. Le visage tourné vers l'ouest, il semblait attendre que le soleil se couche. Le vent rabattait ses cheveux sur ses yeux. Je ne voyais que sa bouche et le bout de son nez. Cela me fit rire. Je crois qu'il m'a plu dès cet instant. Je fis celle qui ne veut pas être dérangée et retournai m'allonger sur la chaise longue, à l'abri du vent.

Ce soir là, je marchai vers la zone pierreuse où se perd la plage, contournant un chaos d'arbustes, de rochers et de fils de fer barbelés. Arrivé au sommet de la dune, je fus soudain aveuglé par le vent de sable. Je crus entendre une voix. Quelqu'un chantonnait, quelqu'un se croyait seul. Une voix de femme entrecoupée par les rafales de vent. Je me dirigeai au son de la voix qui venait de l'une des maisons, à une vingtaine de mètres de là.

Ces maisons, pour la plupart inachevées, servent parfois de refuge aux vagabonds. Les gens du village défendent à leurs enfants de s'en approcher. D'habitude, je vais de l'autre côté de la baie, le long de la plage. Je prends un verre sur le quai en guettant l'arrivée du ferry de sept heures. Je reste jusqu'à ce que la nuit tombe, et je commande une salade de tomates et une friture de poissons avec du vin blanc.

Près d'une maison aux murs de pierre avec un toit en bois, j'entendis plus nettement la chanson. Le rez-de-chaussée semblait habité, il y avait des rideaux à carreaux rouges et bleus aux vitres.

La voix venait de la terrasse. Je remarquai tout à coup les pieds nus d'une personne étendue sur une chaise longue, je ne voyais pas le reste de son corps. Elle prit une carafe d'eau, se versa un verre et se tut. Avait-elle senti ma présence ? Je n'osai pas m'approcher davantage. Pourtant, je ne pouvais pas me décider à m'en aller. Je m'éloignai de quelques pas et me cachai derrière un monticule d'herbes grises. Je frissonnais dans ma chemise. Soudain, une femme s'avança vers le rebord de la terrasse. Elle était grande et bien bâtie. Son corps nu, plus très jeune, m'émouvait. J'aime la chair qui a traversé tous les orages.

Elle courut vers le rivage, sa chevelure noire balayant ses omoplates.

Je ne voyais toujours pas son visage. Elle riait toute seule chaque fois qu'une vague la faisait chanceler. Soudain elle se laissa vaincre, la masse de mer la renversa. Puis elle se releva, foulant à grandes enjambées l'eau de plus en plus profonde en s'éclaboussant avec les bras, comme un cygne prêt à l'envol.

Je hurlai :

N'y allez pas, c'est trop dangereux !

Mais à cause du vent, la femme ne m'entendit pas. Elle plongea et disparut, puis elle

129

nagea sous un grand rouleau qui s'écrasa sur le sable quelques secondes plus tard.

Lorsque la femme eut franchi la barre, elle remonta à la surface, et fut libre au large. Je me dis qu'elle n'en reviendrait pas, personne n'en revient, pas même les surfeurs australiens que rien n'effraye.

« Elle est cinglée, ils sont tous fous dans cette zone. Qu'elle se noie, cela m'est bien égal ! »

Et je tournai le dos à la mer ; pourtant, je ne pus m'empêcher de jeter un dernier coup d'œil en direction de la tête qui apparaissait, disparaissait au loin, caracolant entre les vagues. Un petit point noir peu à peu effacé par la nuit qui tombait. « C'est une sirène ! Elle s'en sortira ! »

La mer fut transformée en encre épaisse, la nuit sans lune et sans étoiles pesait comme un sac sur mes épaules.

Sur le chemin du retour, mes pieds heurtaient les racines tendues comme des pièges, me faisant tomber plusieurs fois.

Enfin je rejoignis ma caravane ; j'ouvris la porte, allumai la lanterne et cherchai une casserole pour cuisiner. L'image de la femme qui se noyait ne me quittait pas. « Va au diable, fiche-moi la paix ! En ce moment même, il y a des milliers de gens qui meurent sur cette terre, alors basta ! »

Je fis un feu, jetai quelques broussailles et des branches pour attiser les flammes. Le feu me dit : « Elle a tout simplement eu envie de se baigner, pourquoi vouloir l'en empêcher ? »

Je m'installai sous l'auvent, devant le feu et mangeai un reste de riz et de légumes. Les insectes, pris au piège de la lumière, grésillaient dans la lanterne.

Comme tous les soirs, lorsque les chiens sont lâchés, ils redeviennent sauvages, leurs hurlements se répercutent depuis la colline plongée dans l'obscurité. J'ai peur. C'est normal. Lorsqu'ils sont en meute, ils se sentent forts. S'ils m'attaquent, il faut que je pense à identifier leur chef et à lui jeter un tison dans la gueule. Je les sens se rapprocher. Heureusement, le feu est mon gardien.

Je lance un projectile dans le vide en criant : « Foutez le camp, les chiens ! » Et ils aboient et grognent de plus belle. Mais peu à peu, ils s'éloignent et poursuivent leur vie d'errants.

J'avais toujours à l'esprit le corps de la femme entrant dans l'eau.

Je n'y tins plus. Je pris mon bloc à dessin et mes crayons, fis plusieurs esquisses à la lumière de la lanterne pour exorciser les ombres qui me traquaient. Sorcière aux cheveux épars, nudité crue de la méduse, chienne sauvage montrant les crocs, femme rompue, *femme noyée au ventre gonflé. Peu à peu la beauté traversa ma main, elle fit mon geste plus délicat. Je dessinai la baigneuse debout, glorieuse, telle que je l'avais brièvement vue de dos. Elle m'apparut léchée par un dragon venu de la mer. J'aurais moi aussi voulu goûter son sel entre ses cuisses un peu grasses.*

Un bruit dans la nuit, une pomme de pin tombée de l'arbre me fit sursauter. Je la ramassai et respirai sa bonne odeur de résine. La colère me quitta, cette sacrée vieille colère que j'emportais partout. L'odeur de la forêt et l'autre, salée, de la mer éveillèrent mon désir.

Je pissai sur les cendres pour m'assurer que le feu était bien éteint. Mon urine faisait fumer les braises et je me mis à rire comme un gamin.

Demain, je retrouverai le sentier qui conduit à la maison de cette femme.

J'étais épuisé, car je m'endormis sur mon lit de camp, tout habillé.

Après mon bain d'hier soir, j'étais fourbue ; je me suis couchée tôt et j'ai dormi profondément.

Je me suis levée à l'aube. En ouvrant la porte, je regarde toujours le ciel qui m'an-

nonce le temps de la journée. Quelques traînées roses traversées par les lignes parallèles
des avions dessinent une aire de jeu pour les
oiseaux.

Je partis faire un tour du côté de la pinède.
Les mouettes se marraient, comme si elles en
savaient davantage que moi sur moi-même.
Toi ! Toi ! Hi...Me criaient-elles.

Je vis de loin une caravane ; la porte s'ouvrit et mon visiteur d'hier surgit comme un
animal préhistorique : les cheveux hirsutes,
titubant sous le soleil. Il ne me voyait pas,
car j'étais dans l'ombre et, de toute façon,
il se croyait seul. Il agita les bras pour se réveiller, puis fit de longs étirements comme
saisissant la queue d'un oiseau, frappant du
poing comme un tigre, dansant comme la
grue !

Il se rendit au point d'eau, remplit un jer-
rycan, mit sa bouilloire sur le réchaud à gaz
et s'assit sur sa chaise pliante. Il regarda de
grandes feuilles de papier à la lumière du jour.
Il but son thé à petites gorgées en parlant tout
seul. Il installa son chevalet, prépara ses couleurs, ses pinceaux et commença à recouvrir
la toile avec des gestes larges.

Pendant ce temps, je ne bougeai pas, mais
ne me cachai pas non plus. Lorsque j'en eus
assez de guetter, je partis sans bruit. Il n'est

133

pas bon que je sois témoin de ce qu'il peint. Je n'aimerais pas non plus que quelqu'un lise mes petits secrets par-dessus mon épaule.

Finies les nombreuses semaines de déprime. Maintenant un enivrant désir de peindre. Un enivrant désir tout court. Mais il ne faut rien précipiter. Malgré mon impatience et l'énergie revenue, je m'oblige à m'arrêter jusqu'à ce que la vision s'impose à moi. Elle m'apparaît parfois en rêve sous forme de taches lumineuses et me fuit au réveil. Je me vois débarquer dans un port, franchir un ponton, une foule d'inconnus est sur le quai. Toutes les directions sont ouvertes, et pourtant il faut choisir.

Pour me donner du temps, ce matin, j'ai préparé soigneusement le fond d'ocre et de blanc crayeux.

En attendant que sèche la première couche, j'eus envie de faire un tour du côté de la grotte de la sirène. Je marchai jusqu'à la plage, curieux de savoir si elle, la sirène, était toujours là.

Du linge séchait sur la terrasse. Quelqu'un derrière moi me dit doucement : « Bonjour ! » Je me trouvai nez à nez avec la belle que j'avais cru noyée. Elle portait une ample robe turquoise et me sourit malicieusement.

Elle avait relevé ses cheveux en chignon, il s'en échappait des mèches noires agitées par le vent qu'elle tentait de maîtriser avec sa main en visière. Elle me regarda en plissant les yeux dans l'attente de mes mots.

— Veuillez excuser mon intrusion.

— Pas de soucis. Asseyez vous dans le fauteuil en rotin. Vous prendrez bien un peu de café ?

— J'ai eu peur que vous ne vous soyez noyée hier soir, les vagues avaient deux ou trois mètres !

— Du sucre ?

— Oui, s'il vous plaît.

Je remuai ma petite cuillère dans la tasse, la musique du métal contre la porcelaine me fit frissonner. Elle sourit, pour quelque mystérieuse raison.

— Vous êtes une nageuse exceptionnelle ! Une sirène !

— Oui, oui ! Tous les soirs, je rejoins le fond de la mer où j'ai mon royaume.

Elle rit aux éclats et je vis le bout de sa langue rose et ses dents régulières.

— Servez-vous. Une tartine au miel ?

Je mangeai de bon appétit ; ce petit-déjeuner m'attendait.

Elle a un visage placide et mat comme une Indienne Navajo, mais ses yeux violets viennent d'ailleurs. Sans raison, je me mis à rire à mon tour. Cela faisait longtemps que je n'avais ri.

Et vous, qu'est-ce que vous faites de beau ?

Beau ? Je peins. Je suis peintre.

J'ai regardé voler les mouettes qui poussaient leur cri ironique comme si elles lisaient dans mes pensées. Surtout pas d'histoire d'amour, je n'ai besoin de personne, je ne veux pas être distrait, je ne veux pas qu'on m'aime. La peinture, uniquement la peinture. Les femmes sont des voleuses de temps.

— Elles reviennent toujours, ces mouettes, elles sont culottées, elles nous voleraient le pain de la bouche !

Je dis cela pour dire quelque chose. Mais j'aspirais à longs traits l'odeur du sable, l'odeur du corps de la femme assise à côté de moi, et celle du café fumant se mêlant à la brise amère. La femme regardait avec moi les mouettes rieuses. Les pans de sa robe turquoise découvraient par instants ses genoux, au gré du vent.

— Racontez-moi ! C'est comment la vie d'un peintre ?

Cela faisait des mois que je n'avais parlé, enfin parlé à quelqu'un qui ait envie de m'écouter. D'habitude je ne m'exprime que par monosyllabes. Ou alors quand je me mets à vaticiner, rien ne peut m'arrêter : une vieille rage se déverse sur n'importe quel interlocuteur, j'annonce la fin de ce monde, je fais peur et je me brouille avec mes meilleurs amis. Alors je préfère me taire. Mais à cette femme, j'avais envie de parler.

– L'hiver dernier, je n'ai rien fait, absolument rien. J'ai lu tout ce qui me tombait sous la main, j'ai marché nuit et jour dans la ville, rencontré des gens. Tout m'étourdissait. Je suis venu ici pour me vider la tête. Je ne veux plus voir que le bleu du ciel et le gris de la mer. Je voudrais être libre ! Trouver la paix, et recommencer à peindre.

– Vous avez fait beaucoup d'autres choses, peindre n'est pas tout. Vivre, c'est une source d'inspiration, non ?

– Je ne vis pas. Je survis.

– Qu'est-ce que c'est qu'être libre, selon vous ?

Je ne sus que répondre à ces questions. Que le geste vienne tout seul et se fonde avec la toile. Vivre et peindre en même temps. C'est impossible.

Comme si elle comprenait, elle ajouta :

– Je connais bien cela. Quand je suis agitée, insatisfaite, je me dis : « Bon, tu es mécontente, irritable. Et alors qu'est-ce que ça change à la situation ? » Rien évidemment ! Et je retrouve le calme. Je regarde la course immobile des nuages et cela me comble pour un moment, pour un moment seulement.

Quand on se croit vide, sans inspiration, c'est à ce moment-là qu'on respire le mieux, que l'on voit le mieux ! C'est dans l'intervalle que se niche le ressort de la machine.

– Vous êtes philosophe !

– J'ai été mariée et mère de famille, c'est vous dire ! Mais j'ai quitté ma vie d'avant, je vis comme une bohémienne, au jour le jour. Tout ce dont j'ai besoin est là. Pourtant je ne me sens pas libre. J'ai cru qu'en laissant ce qui me pesait, je me sentirais légère…eh bien non ! Etre seule, sans obligation, ce peut être un enfer. Il faut rester vigilant ! Sinon…

Un petit chien brun et blanc, est arrivé nez au vent, il a mis son museau sur les genoux de la femme, quémandant une caresse. Elle a pris un morceau de bois qui traînait et l'a lancé en direction de la mer. Le chien a rapporté le butin. Le jeu s'est répété, puis le chien a rencontré un copain à quatre pattes et tous deux ont reniflé les délices de la plage. Ils nous ont oubliés.

– Sinon quoi ?

– On devient fou comme une algue au gré des vagues.

D'habitude, je hais les chiens, mais celui-ci était mignon. Je ne haïssais rien ni personne en ce moment. Je me sentais en paix sans l'avoir cherché.

– Donnez-moi votre main.

Elle regarda ma paume gauche, posa un doigt sur ma ligne de coeur :

— Vous…

— Oh là là !

— Je m'appelle Anne.

— Et moi, Tom. Mon air pâle, c'est de naissance ! Je suis né dans un quartier ouvrier, le seul univers qu'aient connu mes parents. J'ai bouffé les fumées noires qui sortaient des cheminées d'usine. Depuis une dizaine d'années, le maire de la ville l'a métamorphosée en capitale européenne de la culture ! C'est beau, si on veut. Une élégante ville de verre. Etrange, mais cela m'a rendu malade dans la tête. J'ai eu besoin de fuir tout cela, cette modernité dont les gens sont si fiers, là-bas. La traversée du désert, si vous voyez ce que je veux dire.

— Et le cœur ?

— C'est vrai, il est serré, verrouillé. Je ne sais pas aimer. Je voudrais pourtant…

Je bus la dernière goutte de café sucré. Au fond de la tasse, il restait une petite tache à la forme d'hippocampe.

Ma main reposait dans la sienne pendant que je parlais, je n'osais pas la retirer de peur de paraître impoli. La grande main rêche d'Anne me tenait délicatement comme un œuf d'oiseau. Trop de douceur, cela m'effraye. Je n'aime pas me sentir tout petit et fragile dans cette main, un rien pourrait me briser. Et je ne sais pourquoi, j'ai continué à me plaindre, j'avais besoin de consolation.

– L'hiver dernier, j'ai eu une pneumonie, je suis resté cloué au lit plusieurs semaines. Une tristesse affreuse a rempli mes poumons. J'ai craché toute cette merde. Maintenant je voyage, bien que je déteste voyager ! Mais je dois bouger, m'imprégner d'une nouvelle lumière, sinon je pourrirais sur place.

Une abeille effleura mes cheveux ; pour la chasser, je retirai ma main.

– Il fait chaud.

Anne versa lentement de l'eau dans nos verres et nous bûmes d'une traite jusqu'à la dernière goutte, comme des chevaux assoiffés.

– Moi aussi je suis un bohémien, et bien plus que vous : je transporte ma maison avec moi, elle est là-bas, vers la pinède !

Je me levai d'un bond, tout à coup pressé de partir.

– Il faut que je travaille !

– Eh bien ! Allez ! Au revoir !

Elle me regarda de ses yeux violets qui voient tout.

– Merci pour le café. Je reviendrai un de ces jours.

Elle me fit un signe de la main. Je ne sais si cela signifiait un adieu ou un accord. Je ne

comprends pas très bien ce qu'elles veulent,
les femmes. Celle-là me fait peur, elle lit à l'in-
térieur de moi. Eh bien oui ! J'ai fui, comme
d'habitude, lorsqu'une femme me plaît.

Il a fait un ou deux pas à reculons, comme à regret. J'ai l'impression qu'il aurait voulu rester contempler la mer avec moi, se chauffer au soleil. C'est plus fort que lui, il faut qu'il coure à ses pinceaux. Je n'ai pas cherché à le retenir, puisqu'il veut être libre. L'est-on jamais ? Lorsqu'on s'approche si vite et si spontanément, l'on s'éloigne aussitôt pour trouver refuge en soi-même. Il est solitaire comme moi.

En rangeant la vaisselle du petit déjeuner, je me disais : « j'ai parlé à quelqu'un et quelqu'un m'a parlé ! Quelle belle rencontre ! Lorsque Tom me parlait de lui, il me semblait qu'il parlait aussi de moi. » Toute la journée je me repassais en boucle notre conversation. J'aime écouter et j'aime aussi sentir de quoi l'autre est fait. Quand, il eut fini de boire son café, j'ai touché ses grandes mains calmes. Il m'a laissé voir l'intérieur de sa paume et son réseau de fleuves, de rivières et de ruisselets compliqué.

Me voilà sollicitée par l'odeur d'un autre, par la parole d'un autre qui pourtant ne me demande rien. J'existe dans son regard ! Il reviendra, je le crois.

J'ai fait une sieste à l'ombre, allongée sur la terrasse. J'ai rêvé d'une rue dans un village inconnu avec un enclos où des dizaines de chevaux, serrés les uns contre les autres, hennissaient et s'ébrouaient. Ils levaient les naseaux vers le ciel en agitant leur crinière. Pourquoi ? Leur propriétaire était parti. Ils avaient soif.

Je me suis réveillée la bouche sèche. J'ai bu coup sur coup deux grands verres d'eau.

Tom, c'est un nom trop court, ce n'est pas un nom. Son âme gelée attend la fonte des glaces depuis l'éternité. La mienne a trouvé refuge dans cette maison provisoire, mais je vais encore déménager. Pour quel exil ou pour quelle île ?

J'ai l'impression d'être en présence de deux hommes en un. Sa Majesté Tom sans royaume ! Et le petit Tom qui n'est pas encore né, celui que je ne connais pas encore, celui qui lentement se cristallise dans mon esprit et qui bientôt s'incarnera. Deux : l'un de plomb et l'autre de plume.

Et moi et moi et moi ? Evidemment, je suis comme lui : deux femmes en une : la petite et la grande ! La folle et la sage reliées par un fil de soie qui peut se rompre à tout instant.

J'ai installé la toile, la palette et les tubes de couleurs sous mon parasol. J'ai retrouvé le désir de peindre, le geste de peindre et cela m'a rendu si heureux que j'ai oublié de manger ; j'ai travaillé jusqu'à ce que l'air fraîchisse avec le soir, puis, j'ai rangé mon matériel et me suis rendu au village avec une faim d'ogre.

J'ai peint ma nouvelle toile. Deux jours de travail assidu. Je suis entré en elle comme dans un puits ou une cathédrale, j'ai malaxé la pâte de couleur, j'ai griffé, j'ai nourri, j'ai caressé le tableau, il est resté dans son espace, mais en moi, il débordait de partout. Peindre la mer est chose impossible, je le sais bien. J'essaie d'en attraper des fragments là, entre les rochers, entre les pins. J'essaie de dérouler ses vagues, de projeter son écume, ou encore d'étaler son immense peau verte, irisée, frémissante, visitée par le soleil. Peignant la mer, je cherche l'insaisissable. Je suis toujours derrière le rideau.

Ce grand carré bleu, ce n'est pas du tout cela ; le tableau est immobile, éphémère, alors que je voudrais recréer la houle et le calme immuable en même temps.

Vient un moment où il faut tout arrêter de peur de tout gâcher. Surtout pas un coup de pinceau de trop.

Une fois la toile terminée, je l'ai mise à

l'abri, j'ai fermé la porte de la caravane et je suis parti vers la maison où Anne s'est installée.

La belle Indienne avait disparu, les volets étaient fermés ; sur la terrasse, je vis les deux chaises vides, la table en bois couverte de sable, comme si personne n'avait passé par là depuis des lustres. Je m'assis sur le rebord de la terrasse, la tête entre les mains, avec l'envie de pleurer. « Et moi qui ne sait rien d'elle ! J'ai parlé, parlé, quel triple idiot ! Et je n'ai rien voulu savoir d'elle ! Elle me manque maintenant. »

Je m'étais remis à peindre depuis que je l'avais vue. J'aurais voulu lui annoncer que j'avais terminé ma toile, la lui montrer peut-être, l'inviter à dîner sur le port.

J'ai ôté mes sandales. Les galets étaient tièdes sous mes pieds nus. J'ai avancé vers le rivage, la mer était plate et blanche, un clapotis lancinant me chatouillait les pieds. J'ai enlevé mon pantalon et ma chemise, je les pliés soigneusement sur la rive et je suis entré dans l'eau, épousant la marée.

Mon corps cabré au contact du froid qui hérisse le poil, puis l'instant du plaisir de la légèreté (je nage le crawl maladroitement, mais avec une vigueur d'adolescent).

Je plongeai la tête sous l'eau, et gardai les

yeux ouverts. Des dorades, des dizaines de dorades. Je remontais de temps en temps à la surface pour respirer. Je fis la planche. Les nuages dans le ciel, leurs grosses joues grises posées sur le monde invitent au calme et à l'oubli.

Lorsque je me décidai à retourner vers la plage, elle me parut très loin. A marée montante, l'eau se gonfle et empêche d'avancer. Je fus pris de panique, je nageais avec acharnement, usant mes dernières forces, et la côte restait toujours inaccessible. Je maudis mon imprudence. Je croyais la mer calme et, sans prévenir, elle avait changé d'humeur. Avec d'immenses efforts, j'ai gagné un peu d'espace. Je ne reconnaissais plus rien : je m'étais éloigné de mon point de départ, emporté par les courants. Autour de mes jambes, des algues rouges me chatouillaient et m'attiraient au fond. Ce contact visqueux me dégoûtait. Il me fallut pourtant traverser cette sanglante prairie marine. Enfin mes pieds effleurèrent un banc de sable et je pus gagner les rochers, mon salut, à une dizaine de mètres de là.

Je me hissai sur la pierre encore tiède, laissant le vent du soir parcourir mon corps. Je sentis soudain une caresse comme si une chevelure me parcourait de la tête aux pieds, un souffle invisible me faisait l'amour, pourtant j'étais absolument seul.

Mon sexe se dressa, il y a longtemps que cela ne m'était plus arrivé. Tous les vaisseaux de mon corps s'embarquaient pour l'infini, j'éprouvais une jouissance de toutes mes cellules. Longtemps, longtemps.

Je ramenai mes genoux vers ma poitrine et regardai alentours : personne. Et voilà que mes sandales et mes vêtements étaient déposés sur le sable, soigneusement pliés par une déesse des eaux. Celle qui m'a fait l'amour peut-être. Je me suis rhabillé en vitesse, cherchant des yeux sa présence. Mais la nuit tombait. Les rochers noirs furent peu à peu recouverts par l'obscurité. Je vis au loin les lumières du port, un repère grâce auquel je retrouvai mon chemin.

Je racontai ma dérive à l'aubergiste sans mentionner pourtant les délices de la caresse invisible. On me regarda comme un possédé. Il est vrai que j'ai toujours les cheveux en bataille et que j'agite mes grands bras autour de moi : cela fait peur. Mon voisin de table, un vieux avec une casquette et une barbiche blanche, éclata de rire :

— Vous êtes trop solitaire ! Voilà pourquoi votre imagination vous joue des tours ! Allez, buvez un coup, ça vous remettra !

Et il m'offrit une liqueur écoeurante au premier abord, mais qui laissait un goût agréable dans la bouche : prune ou cerise.

Quand j'eus vidé mon verre, le vieux me dit :

— L'effet s'en fera sentir dans un jour ou deux, vous m'en direz des nouvelles !

Je me levai, payai les consommations et, au moment où je voulus remercier le vieux, je vis sa silhouette disparaître au coin d'une ruelle.

Je rentrai « chez moi », à la pinède, un peu émoustillé par le repas, le vin et la liqueur. En marchant, je repassais pour la dixième fois le film de ma rencontre avec Anne, je cherchais son odeur de cyprès, le contact de sa main serrant la mienne, ses yeux violets autour desquels les rides formaient un écrin de tendresse.

J'avais l'impression qu'elle m'accompagnait dans mes moindres faits et gestes. J'ouvris la porte de la caravane, ôtai mes chaussures et me glissai sous la couverture comme dans un bain tiède. J'éprouvais une grande envie de dormir et de me laisser visiter par les images nocturnes.

Au milieu de la nuit, je fus réveillé par une bourrasque qui faisait trembler la roulotte, j'allumai la lampe à gaz, sortis une plume et un cahier noir pour écrire mon rêve interrompu comme le sont tous les rêves. Je bus un grand verre d'eau et me rendormis. Au point du jour, la tempête faisait toujours rage. Impossible de peindre ce jour là ; à l'intérieur de la caravane, il manquait d'espace et dehors, il pleuvait.

Je me rendis au bistrot à grandes enjambées, rentrant la tête dans les épaules, mon carnet de notes sous l'aisselle.

Je commandai un café, du pain, du fromage de brebis et tentai de déchiffrer les notes que j'avais prises durant la nuit : peu d'indices à vrai dire, il faut raccommoder les mailles du filet du rêve par l'imagination.

Au lieu d'écrire, j'ai dessiné.

Une première bulle : la banquise, ma caravane prise dans les glaces quelque part au Pôle Nord. Et tout s'enchaîne : une vague scélérate de la grandeur d'un immeuble s'abat sur un petit personnage. Moi. Elle submerge mon habitacle. Le petit personnage abandonne ses vieux habits sales et déchirés. Il se retrouve sous la mer avec un ours blanc. Deuxième bulle : je suis un ours blanc. Je remonte à la surface. Il y a maintenant deux ours qui marchent sur leurs pattes arrière comme des hommes, puis à quatre pattes comme des bêtes. L'autre ours est une femelle, je lui dessine une sorte de sourire énigmatique. Les deux ours dansent face à face. Troisième bulle : alors apparaît un chasseur avec son fusil, il blesse ma compagne, son sang rougit la neige autour d'elle. L'autre ours lèche ses plaies. Puis il y a un squelette *avec un crâne humain, le squelette est sous le sable de la mer. L'ours redevient homme et gratte là-dessous. Je me dessine mi-homme, mi-ours. Je ramène les os à la surface de la mer. Dans l'image, je suis devenu un homme de taille adulte. La page suivante white, vide, me donne le vertige.*

Je refermai le carnet et finis mon petit déjeuner avant d'aller me promener sur le quai. La pluie avait cessé. Des cartons, des tuiles, des branches cassées et toutes sortes de déchets, voilà ce que laissait le passage du cyclone. Tout à coup, je pris conscience qu'Anne était peut-être en danger. Il fallait que je la retrouve. Je me mis à courir comme un fou.

La tempête a fait des dégâts. Un arbre s'est abattu sur ma maisonnette. J'ai dû perdre connaissance. Quand je suis revenue à moi, j'ai senti une douleur insupportable à la tête et je ne pouvais plus bouger, les jambes prisonnières des débris.

Tom est arrivé accompagné d'un médecin. Ils m'ont transportée sur une civière, et me voici à l'hôpital.

J'ai eu très peur. J'étais trempée, secouée. Les choses m'ont quittée à grand fracas. Dieu merci, mes blessures paraissent sans gravité, mais c'est comme si mon corps et mon visage avaient été roués de coups. Une fissure invisible attendait l'orage, et la gangue a éclaté. Le plafond s'est paraît-il effondré, mais aucun morceau ne m'a atteinte, mes blessures sont dues aux objets volants qui sont devenus fous à cause de la tempête.

On s'accroche aux ruines, on voudrait reconstruire sa prison. Mais ce qui est fissuré ne peut être recollé. C'est assez étrange, je suis si heureuse d'être en vie que la disparition de mes biens me paraît sans importance. Je jouis pleinement de ne rien faire d'autre que de respirer et de suivre du regard un rayon blanc qui joue sur le drap et se déplace de minute en minute pour parcourir la chambre tout entière.

Vers le soir, je me suis promené sur la plage la plus populaire, celle qui se situe à quelques minutes du port. J'ai pris mon bloc à dessin et mes crayons. Je suis content. Anne est blessée, sa maison est presque détruite et je suis content. Je le suis parce que je crois que je lui ai sauvé la vie. Elle aurait pu rester sous les gravats, sans pouvoir bouger, personne ne se serait aperçu de son absence avant plusieurs jours, plusieurs semaines, qui sait. Je l'ai accompagnée à l'hôpital, je suis resté près d'elle jusqu'à ce que je sois certain qu'elle n'ait rien de grave.

Pour la première fois de ma vie, quelqu'un, quelqu'un que je connais à peine, m'est plus cher que moi-même.

A quatre heures, les mères arrivent avec leur marmaille et leurs paniers de pique-nique pour le goûter. Les enfants jouent au ballon et font des châteaux de sable. Un garçon qu'une femme appelle « Alvaro » va vers la mer, remplit son seau d'eau et le verse dans un petit lac artificiel. Il patauge et saute avec enthousiasme. La femme, assise dans une chaise longue, le houspille sans cesse, mais l'enfant est indifférent à ses cris. Alvaro a les mêmes cheveux de paille que moi. Il jette des cailloux avec application dans la mare. Le sable sèche sur son petit corps et le transforme en statue vivante. Quand il est fatigué, il s'assied au bord de l'eau, en tenant ses genoux dans ses bras.

Quand j'étais gamin, je ne savais pas à quoi ressemblait la mer, la plage, je voyais rarement du soleil. Derrière la rue où j'habitais, il y avait des entrepôts, quelques cachettes secrètes pour jouer aux gendarmes et aux voleurs. On se battait souvent. Je rentrais à la maison avec les habits déchirés et le nez en sang. Quelle vie de brute !

Je restais des jours entiers à la cuisine, le

151

seul endroit chaud en hiver, et rêvassais en regardant fumer le poêle. Je dessinais des moineaux, je questionnais les éléphants blancs et toute la ménagerie que je voyais là-haut dans les nuages.

Alvaro mange une glace au chocolat qui coule sur son petit torse bronzé et maculé de sable.

Je le dessine avec les cabines aux rayures bleues et blanches. Un chien noir traverse la plage avec l'air de savoir où il va. L'enfant et le chien. En les dessinant, je les réunis.

Retour au village.

Les vieux sont assis sur les bancs, à l'ombre des platanes de la place. Ils jouent aux cartes, aux dominos, fument des cigarettes, rient sous cape d'une plaisanterie connue d'eux seuls.

Je les dessine aussi, un peu à l'écart. S'ils m'ont vu, ils n'en ont rien laissé paraître. Je leur suis étranger et le resterai pour toujours. Mais une fois saisis sur mon bloc à dessin, ils ont un air familier, c'est toujours moi-même démultiplié que je tente de pêcher au bout de mon crayon. Jeune, vieux, je m'échappe, je m'attrape, autant dessiner le vent !

Je voulus retourner au camping sous la pinède. L'air du soir sentait le froid humide avec une sale petite odeur de fumée.

Je longeais les dunes jusqu'au chalet d'Anne lorsque j'entendis des cris ; il y avait tout à coup beaucoup de monde. Une vapeur noire s'élevait de la plage. Je montai sur la dune : quelque chose était en train de brûler. Je vis qu'il ne restait que les murs de la maison d'Anne. Je courus vers les gens qui regardaient les flammes : « Que s'est-il passé ? »

Soudain, le petit vieux qui m'avait offert la liqueur l'autre soir, gesticula devant moi, il riait comme un dément.

— C'est toi qui as mis le feu ?

— Bien vu ! Un beau feu de joie n'est-ce pas ?

Au moment où j'allais le saisir par le collet pour lui casser la figure, je sentis une forme molle m'échapper des mains. Je secouais une peau d'écorché comme un tas de chiffons et il n'y avait personne à l'intérieur.

Alors, je ne sais pas ce qui m'a pris, mais je me suis mis à pleurer, à bramer, comme si l'on m'arrachait aussi ma peau à moi ! Et tout d'un coup, je me suis arrêté : ma peau s'était retournée, laissant à vif les entrailles. Nu dedans.

Je me suis couché sur la grève et j'ai senti battre mon cœur, tous mes organes se sont remis doucement en place. J'ai regardé la première étoile, la plus brillante.

Mon corps était aussi léger qu'un grain de sable. Je me suis levé comme un faon qui fait ses premiers pas dans la vie. Avant, je me regardais vivre, je ne vivais pas, j'étais une marionnette. Je me jouais de moi-même, je me jouais des autres, et croyais que c'était ainsi que vivaient tous les hommes.

J'avais toujours le désir d'être ailleurs, surtout avec les femmes. Je disparaissais, je vagabondais, je leur signifiais que ma vie était loin d'elles. Elles me suppliaient : parle-moi ! Dis quelque chose ! Et je fuyais encore un peu plus loin. Mais avec Anne, il en est autrement. Je nous vois comme deux coquilles de noix flottant à l'aventure, deux coquilles solitaires qui finissent par se rencontrer. J'ai ouvert la coquille et découvert le fruit en forme de cerveau miniature. Le premier de l'automne.

Tom est venu me voir. Il m'a raconté sa nuit d'incendie, la maisonnette en fumée et le vieux fantôme évaporé. Puis la longue marche avant d'arriver là où poussent les fleurs des moissons.

— Regardez celle-ci, elle s'appelle le Miroir de Vénus, elle a la couleur de vos yeux.

— Demain, c'est dimanche, et je vais sortir de l'hôpital. Comment vous remercier ? Je crois que mes blessures seront bientôt cicatrisées. Je marcherai à nouveau…et nous nous baladerons ensemble si vous le voulez…

— Bien sûr. Je ne veux pas que vous soyez morte. Jamais.

PRÉCAIRE AVENTURE

«*Un jour, il me faudra partir et quitter cette île, poussée par mon impatience, en proie à l'errance, à cette force impérieuse et à ce penchant qui me jette vers des buts inconnus.*»

Annemarie Schwarzenbach

Le front contre la vitre, je regarde défiler les lumières des petites gares. Cette ligne familière, mille fois suivie depuis la capitale de la Suisse jusqu'aux bords du Léman me relie aussi à divers parcours à travers l'Asie. Trains manqués, bondés, quais vides, passages sous voie où résonne un appel dans une langue inconnue, messages brouillés par le grincement des roues. Foule affairée, chargée de ballots multicolores : vendeurs de thé, de fruits et de galettes. Chiens faméliques en quête d'un croûton. Ces trains de là-bas traversent miraculeusement ce monde où crie la misère et suinte l'indifférence. Les trains d'ici mettent à ma portée les neiges et les pâturages des cartes postales.

J'aimerais enfin arrêter cette course absurde. Mais le train joue de sa batterie assourdissante. Tak tak tak tak.

J'ai fait un somme d'une seconde, une seconde qui compte puisque je me réveille plus alerte.

Toi qui n'aimes que ton nid, ne rêves-tu pas d'espaces nouveaux pour guérir du chagrin et du bruit ? Comment te dire la belle étoile dans le Désert Blanc, la marque éphémère de mes pieds nus, le ciel noir offert comme un drap à qui se couche sur le sable encore tiède, mon sommeil sous tente lorsque le vent se lève ? Te dirais-je mes prières à la Voie lactée ?

Je fais semblant de lire, et toujours l'obscurité derrière la vitre. Voyager. Voyager cent fois. Continuer au rythme de ce wagon tressautant le long du lac. Rêver de tous les trains qui m'ont emmenée au bout du monde et qui m'ont ramenée à mon point de départ. Moment béni que celui du retour ! Quelque part en ce monde, je suis chez moi. Des millions d'errants n'ont pas cette chance ; ils voyagent, poussés par les cyclones, les guerres, la faim, la peur.

Rêver des chambres où je n'ai pas dormi et

de celles où j'ai dormi. Des chambres où j'ai déposé mes bagages, chambres minables avec pour tout mobilier un lit de fer et une chaise.

Je me souviens de la chambre de Bodnath séparée de l'extérieur par un rideau crasseux, une couche sur un sol de terre battue ni plus ni moins confortable qu'un dortoir pour pèlerins bouddhistes. Au réveil, les grands yeux peints au sommet du temple népalais ne quittaient pas les miens : grand frère, conscience aux aguets.

J'observe ceux qui partagent le même compartiment que moi…les Autres. Etrange coïncidence, ces Autres sont tous des étrangers. Mon voisin de banquette est un Tamoul en chaussettes blanches. Il a ôté ses bottines pointues pour se reposer les orteils ; il lit un magazine dont les lettres arrondies s'agglutinent comme des graines de papaye sur une nappe. Derrière lui, deux jeunes Indiens chantent des mélodies à la mode dans leur pays, battant sur leurs cuisses des rythmes à contretemps, imprévisibles pour les non initiés.

Il y a aussi de jeunes hommes à la peau mate, habillés par la Croix Rouge. Anoraks bleus ou gris, bonnets de laine sur les yeux, visages absents. Ils sont en attente d'un improbable permis de rester parmi nous, dans un pays où l'on peut dormir et manger en paix.

Je suis la seule femme blanche dans les couleurs de ce train pour Lausanne Terminus.

Suis-je l'Autre pour eux qui sont les Autres ou suis-je invisible ? Je retrouve cette impression de dissolution dès que je quitte la maison.

Je lis encore quelques pages de l'auteur de Désert. Comme lui, me retrouver multiple, ne plus m'accrocher à ce qui veut, qui désire, qui n'en peut plus de désirer en vain.

J'imagine le sort des femmes parties avant moi, des femmes qui ne voulaient pas du carcan des conventions. Celles qui se sont lancées sur les océans, sur les routes, dans les déserts. Elles montaient à cheval en crinoline, affrontant tous les dangers du Grand Tour, les pirates, l'inconfort, la fatigue, les railleries et l'incompréhension des sédentaires. Folles ! On les a partout regardées avec méfiance ou jalousie, avec haine parfois. Ont-elles comme moi cherché des toilettes propres ou au moins un buisson, ou même une planche pour masquer leurs fesses ? Cinq minutes de solitude et d'intimité pour se laver tranquille, loin des milliers d'espions ?

Et vous, fillettes, fillettes d'aujourd'hui, vous voulez toutes le baptême du Grand

Large. Je vous vois sac au dos, oui, les mêmes qu'il y a trente ans, même dégaine, même air naïf et inquiet, les yeux sur le plan de la ville, cherchant un lieu mythique où enfin déposer votre corps fourbu. Mais il faut aller plus loin encore. Hello Good Bye. Je ne fais que passer !

Tandis que je pense à vous, mes soeurs, un cahot du wagon fait tomber un journal oublié sur la galerie. Je l'ouvre au hasard et lis la rubrique des faits divers : *Morte, Giuseppina ; enterrée, puis retrouvée grâce à son téléphone portable. Elle avait trente trois ans. Artiste milanaise, elle s'était embarquée dans un projet insensé qui a tourné au drame : morte après avoir été violée par un fou. La police a arrêté son meurtrier présumé, un jeune homme qui l'avait prise en autostop. C'était dans une ville industrielle, à une heure de route d'Istanbul.*
La jeune femme était partie avec une amie pour traverser des zones de conflit et transmettre des valeurs pacifistes. Elles devaient se rendre de Milan à Jérusalem, en passant par les Balkans, la Turquie, le Liban, la Syrie, la Palestine et Israël. Ce projet était intitulé «Brides on Tour», fiancées à la route, elles auraient porté chacune la même robe blanche du début à la fin, et ces robes, avec toutes les

taches de ce long périple, devaient figurer au cœur d'une exposition d'art conceptuel en Italie.

Une histoire sans suite. L'amie de la défunte, Silvia, porte le même nom que moi. Comment vit-elle la disparition tragique de sa compagne Giuseppina ?

En voyage, mon destin aurait pu être celui de la mariée mise à nu par un célibataire ! Auto-stop. La première fois que j'ai tendu le pouce, j'étais terrifiée. Parfois quelqu'un s'arrêtait. Je faisais celle qui n'a peur de rien. La femme en voyage, est-elle une femme libre ?

Je le croyais naïvement. Mais toujours la nostalgie d'un port d'attache, d'un endroit qui serait la maison, cette maison de mon enfance que j'ai désertée sans me retourner. La nostalgie d'un endroit où je serais en sécurité. Très vite, partout, je me suis fait un abri. Il suffisait que je reste trois jours dans une chambre d'hôtel et elle devenait le lieu où j'avais mes habitudes : les vêtements fraîchement lavés avait le temps de sécher, la douche bienfaisante fonctionnait, les toilettes étaient propres, un employé m'offrait quelques paroles de politesse et un sourire, une femme de chambre me regardait comme une amie, et voilà, je me sentais chez moi, jusqu'à la prochaine étape.

162

Quel est mon premier souvenir d'Asie ? Les rues de Kandy, la ville au cœur du Sri Lanka. Encore groggy par le décalage horaire, je me noie dans le cortège des pèlerins bouddhistes. Une centaine d'éléphants défilent en grande tenue : robes XXL confectionnées par de hauts couturiers. De jeunes garçons sur des échasses font rouler des cerceaux de feu. Cette gigantesque procession a lieu en l'honneur d'une relique : la Dent du Bouddha. C'est le plus vieux pachyderme qui a toujours l'honneur de la porter. Cette ville sainte honore une célébrité aujourd'hui empaillée dans un musée qui lui est exclusivement consacré : Raja l'éléphant. Il est mort à l'âge de quatre-vingts ans.

Et puis l'Inde. India, je te préfère avec un a. Oui. Assez longtemps, plusieurs mois. India ? Un mot de deux syllabes pour un continent aux centaines de peuples – disons plutôt que j'ai marché sur quelques plis d'un immense corps. L'Inde que j'ai connue n'existe plus ou n'a jamais existé. C'est un continent où disparaître, beaucoup n'en reviennent jamais. Parfois je crois n'y être jamais allée. Je regarde aujourd'hui brûler l'hôtel Taj Mahal à la télévision, une part de rêve détruit, des corps sans vie, des murs écroulés. J'aurais pu m'offrir une chambre dans ce palace de

Bombay. Evoquer ce fantasme, quelle honte ! Inde, India, la vie foisonne puis éclate comme une grenade, un continent de fous et de sages. Je m'y suis sentie à la fois enchantée et morte à moi-même. Crie misère, crie ! Comment ? Ce sont des êtres humains comme moi assis dans la boue ou déféquant sur le bord du trottoir leur diarrhée, leur mort si proche ? Ce sont des femmes comme moi, celles qui ne mangent qu'un peu de riz et de dahl tous les deux jours et portent fièrement leur sari rose, les poignets ornés de bracelets de verroterie ?

Sur le quai de la gare de Calcutta, mon sac à dos m'a lâchée ! Les gens se sont mis à rire en voyant mes affaires par terre. Quelqu'un pourtant m'a aidée à les récupérer : il se trouve partout une âme dans un corps pour s'émouvoir, pour me rappeler à la possibilité de la compassion. Femme occidentale, voyageuse solitaire, hippie, des étiquettes dures à assumer. Où suis-je moi ? Ma voix intérieure se tait, je vacille, je me perds.

Seule blanche dans un train bondé, entourée d'hommes foncés et parfois défoncés, les dents rougies au bétel, le regard jaune et malade. Ils ne se gênent pas pour s'endormir sur mon épaule, jambes écartées, ronflant doucement. Il y a parfois le compartiment pour dames. J'y côtoie mes compagnes à l'odeur de cannelle. Les plus vieilles ont le lobe des oreilles étiré jusqu'aux épaules par le poids d'énormes boucles en or massif. Elles touchent timidement ma peau élastique, tâtant mon avant-bras en riant pour vérifier si je suis bien un être de chair comme elles.

Avais-je peur ? Oui sans doute. Près du temple de Kadjuraho, un faux guide me harcèle, il est un peu lépreux sur les bords de ses doigts, les sculptures érotiques antiques le mettent en émoi. Je dois me défendre, fuir, je ne sais pas comment me défaire de lui. Il veut m'emmener dans la savane infestée de serpents et de tigres ; il imite quelque scène d'orgie divine, viens là-bas dans un temple secret où fermentent des pourritures transformées en or ! Viens que je te viole, que je te tue. Tue. Tu es tout ce que je hais et que j'envie. Femme blanche, femme riche, femme de lettres, femme intellectuelle, femme libre, femme moderne. Viens que je te viole et que je te tue car je ne serai jamais toi. Je ne suis qu'un pauvre idiot, édenté et misérable, je suis chargé de fièvre noire, d'hépatite, de malaria et de choléra. Viens que je te donne tout cela que tu n'as pas !

Comment supporter ? Je n'ai pas le choix, il me faut continuer.
Dans les rues de Katmandou, je pleure.

Seule, loin de ma famille, de ma patrie, de moi-même. Une Tibétaine, accroupie sur son tapis de laine, vend des babioles, elle me regarde avec une tendresse inattendue. Elle a le même visage que ma mère en plus souriant ! Ma mère dans une autre vie, j'en suis certaine ; nous nous sommes reconnues. Elle me dit : continue, ma fille. Ne désespère jamais. Je suis requinquée.

Les petits cochons noirs se nourrissent de trognons : cette rue porte bien son nom : Pig Street !

Les enfants crient : Where you come from ? What's your name ? Eclat de rire. Nulle réponse n'est attendue. Hello Good Bye !

Rues de Rangoon, les anciens immeubles coloniaux sont noircis par des pluies de mousson, rongés par les vents. Des garçons jouent au football avec une noix de coco dans cette ville triste de poussière. Dans les villages, les enfants du bord du fleuve rient et se battent pour me tenir la main, pour me dire quelques mots d'anglais. Where you come from ? What's your name ? Et à vous, quel est le vôtre ? Enfants joyeux et maigres dans un pays dépossédé de ses droits par les rois du rubis, les rois de l'opium, les rois du fusil. Vous les rois cyniques : vous avez, prétendez-vous, reconstruit le pays ravagé par le cyclone : des maisons oui, en bois oui, mais vous avez oublié les toits ! Merci, merci !

Luan Prabang au Laos, rives du Mékong, des noms si doux, collants comme du miel. Y retourner. Peu de rues. Des enfants moines vêtus d'orange assis dans une salle de classe. Ils sont au moins quarante et crient à tue tête, à l'unisson les mots que le maître couleur safran et carmin leur désigne au tableau noir. Je guigne à l'intérieur, ils tournent vers moi leurs visages curieux et souriants, le maître les rappelle à l'ordre, je m'éloigne pour ne pas les déranger.

Dans les rues de Pékin, un grand Chinois sur une bicyclette dans la foule innombrable, son regard, ses yeux noirs un instant dans les miens. Mon mari ou mon frère dans une autre vie. On s'est reconnu, il n'y a pas de doute !

Emportés par la foule qui nous traîne
Nous entraîne
Nous éloigne l'un de l'autre

Je marche comme on nage, je brasse ce fourmillement de corps. Pas un îlot de solitude, pas d'horizon. Pourtant je suis frappée par la diversité de tous ces visages. Tous différents, tous uniques, tous pareils.

Les voitures, la nuit, roulent les feux éteints

pour économiser les ampoules. Assise sur le siège avant du taxi, je vois la horde des cyclistes sur leurs bécanes noires, ils traversent au hasard l'espace que je devine derrière le pare-brise constellé de moustiques. Des braseros rougeoient le long des rues. Des brochettes de toutes sortes de bestioles cuisent pour régaler les passants.

Tapis volant jusqu'au Caire. Aucun souvenir de tes rues sales, encombrées de détritus. Non merci, pas de statuette antique. J'achète une couverture tissée qui recouvrait le dos d'un âne qui n'en a plus l'usage.

Pyramides : je me souviens de la soudaine absence des rues, de l'espace sauvage qui s'ouvre, de chacun des milliards de grains de sable jaune, blanc, gris, rose, ocre, des chacals, des fennecs, des souris à longue queue qui grignotaient les miettes de notre repas. Je n'ai pas vu les scorpions de cinq centimètres qui attaquent les soldats perdus dans le désert lorsqu'il fait cinquante degrés. Il y a des milliers d'années, les ancêtres de ces arthropodes pouvaient mesurer plus d'un mètre. Ce n'est rien. Il y a quelques millions d'années, ils étaient aussi gros que des bébés dinosaures !

Marseille, ah oui, j'y étais bien. Je pensais à toi, c'est ta ville natale, mon amour. En Suisse, tu as perdu l'accent, mais à ma demande et pour me faire rire, tu le retrouves parfois.

Folle que je suis, je te cherche dans la foule de la Méditerranée alors que tu vis là bas en Suisse, en exil volontaire. Je te vois à chaque coin de rue. Je vois à chaque coin de rue que tu n'es pas là. Je marche dans les rues de ton enfance : Belle de Mai. Chutes-Lavie. Les Olives. Les Roses. Les Crottes. Le Panier, le Merlan, l'Estaque. J'aime vos noms, quartiers de Marseille. *C'est mortel !*

Envol pour Washington, la nuit tombe, je sors du métro. Un Noir me prend la main : *Miss, Miss, don't stay here*, Madame, ne restez pas là, c'est dangereux, partez, partez vite, rentrez chez vous en taxi. *No white women here.* Retourne chez toi ! Retourne chez toi ! Comme Ulysse, oui, je veux rentrer à la maison.

Je reste chez moi à lire sous la couette un Grand Week-end à Oulan Bator. Je ne boirai pas de lait de jument, je ne mangerai pas de mouton bouilli, je ne dormirai pas sous la yourte, je ne monterai pas le petit cheval sauvage, roi de la steppe. Seules les voix magiques mongoles, voix de gorge et voix de tête me feront frissonner jusqu'au cœur. Je rêverai d'immenses prairies vert tendre ondulant sous le vent.

Blaise a dit : quand tu aimes il faut partir.

Maintenant j'aime et je ne veux plus partir.

Dans mon bain tiède aux huiles essentielles, je me dis qu'un jour, je ne voyagerai plus ou alors je partirai mieux.

Le vrai voyage est à venir.

Voyager et m'en souvenir quand je serai bien vieille. Puis un jour, il sera temps de lever l'ancre. Je ne m'emporterai pas avec moi.

TABLE DES MATIÈRES

Achevé d'imprimer
le 15 août 2010 par Megaprint, Istanbul
pour le compte
des Editions de l'Aire SA, à Vevey

Photocomposition : Alain Girardet, Penthalaz

Imprimé en Europe